문학과지성 시인선 518

소피아 로렌의 시간

기혁 시집

문학과지성사

문학과지성 시인선 518
소피아 로렌의 시간

펴 낸 날 2018년 11월 28일

지 은 이 기혁
펴 낸 이 이광호
편   집 이민희 조은혜 박선우 김필균
펴 낸 곳 ㈜文學과知性社
등록번호 제1993-000098호
주   소 04034 서울 마포구 잔다리로7길 18(서교동 377-20)
전   화 02)338-7224
팩   스 02)323-4180(편집) 02)338-7221(영업)
전자우편 moonji@moonji.com
홈페이지 www.moonji.com

ⓒ 기혁, 2018. Printed in Seoul, Korea

ISBN 978-89-320-3488-1 03810

지은이는 2017년 대산창작기금을 수혜했습니다.

이 도서의 국립중앙도서관 출판예정도서목록(CIP)은 서지정보유통지원시스템 홈페이지
(http://seoji.nl.go.kr)와 국가자료공동목록시스템(http://www.nl.go.kr/kolisnet)에서
이용하실 수 있습니다. (CIP제어번호: CIP2018037292)

문학과지성 시인선 518

소피아 로렌의 시간

기혁

시인의 말

세계를 만지면 아프다
상처의 역사가 강건하게 태어난다

2018년 11월
기혁

소피아 로렌의 시간

차례

시인의 말

시간은 조그맣고 친밀한 물품들에 의해 소멸되어버리고
그대는 스스로를 침입자로 여긴다.

—

하워드 카터(이집트 고고학자)

1부

소피아 로렌의
시간

소피아 로렌의 시간

이곳은 모래 위에 지어진 집이지만, 방바닥에 스카치
테이프를 붙이면 약간의 현실이 묻어 나온다. 배달 음식
을 시켜 먹을 수도 있고 불어터진 면발을 드미는 배달
원에게 주소의 허구성과 결제의 진정성에 대해 물을 수
도 있다. 머리카락을 건지며 국물의 양심에 대해 투덜거
리던 친구, 고데기로 말 수 있는 내용이 생각보다 짧다
는 애인을 만날 수도 있다. 애인을 사랑한다면 약속은 지
켜지는 것이 아니라 말려드는 것이라는 생각. 이곳은 모
래 위에 지어진 집이지만, 그릇을 내다 놓으면 정오의 부
재를 담을 수도 있고 쌓여가는 부재를 내려다보며 유년
의 담배 연기를 입에 담을 수도 있다. 한 마리 사막여우
가 지나간다면 연기는 약간의 현실보다 수다스러울 것.
일요일의 앞마당을 파면 사람이나 들짐승의 머리뼈를 볼
수도 있다. 해골에서 전갈이 나올까 봐 불안하지만, 해골
과 전갈 중에 어느 것이 더 무서운지 내 머리는 알지 못
한다. TV 속 미라가 자신의 머리카락에 휘감겨 있고 나
는 백 년 뒤 자랄 머리카락을 기르고 있다. 입술을 통과
하지 못한 말들이 두피를 꿰뚫는 밤이면 누군가의 현실
도 검고 구불거린다. 이곳은 모래 위에 지어진 집이지만,

모래가 다 흘러내린 2분 57초마다 뒤집어진다. 당신과 나의 기다림이 처음 천장을 만들었을 때 유리관을 왕복하는 모래가 보였다. 사막여우는 길들이는 것보다 발달시키는 편이 낫다. 나처럼 아무도 썩지 않은 당신이 사상누각으로 서 있다.

    * 1934년 여름 스웨덴의 고고학자 폴크 베르그만Folke Bergman은 타클라마칸 사막을 탐사하던 중 머리카락과 눈썹이 그대로 보존된 청동기 시대의 미라를 발견한다. 중국에서 발견된 백인 미라로서 소하공주小河公主 혹은 소하미녀小河美女라고 알려졌다. 그녀의 가슴팍에는 세계에서 가장 오래된 치즈 덩이가 안겨 있었다. 같은 해 가을 이탈리아 영화배우 소피아 로렌이 태어났고, 후대의 연구자들이 미라에 배우의 이름을 딴 별명을 붙였다. 그녀의 배우자가 사망한 현재까지도 소피아 로렌은 생존 중이다.

대이동

뒤돌아 누운 사람의 곁에서 첫눈이 내린다.

눈 속으로 걸어 들어가면 먹이를 찾는 들소 떼가 있고 멀리

창과 엽총을 세워놓은 천막이 보였다.

북북서로 부는 바람으로부터

사냥꾼의 체취가 희미해졌지만

결빙의 한끝 무렵엔 알알이 사람의 모습이 박혀 있었다.

무리를 이탈한 들소를 겨누다 차마 방아쇠를 당기지 못한 그를

사람들은 허수아비라고 불렀다.

허수아비는 자주 허공을 쏘았고 그럴수록 그의 심장도

들소 떼처럼 쿵쾅거렸다.

해가 저물면, 천막 안 아이의 울음을 들으며

순록의 털가죽으로 감싼 봄의 메아리라든가 개울에 비친

밤하늘의 이야기를 떠올려보곤 했다.

방향을 병처럼 앓으면 운명을 버릴 수도 있구나,

홀로 엽총을 받치던 허수아비는 꿈속에서 어루만지던

들소의 목덜미를 생각했다.

만년설의 전설과 주정뱅이의 혼잣말이 감각을 둔하게 했지만

지푸라기 가슴께는 들소 떼의 발굽 소리로 내달리고 있었다.

작은 입김에도 식어버리던 들소의 체온이

허수아비의 뺨에 차례로 닿았다, 떨어졌다.

바람은 변함없이 북북서로 불고 있었고

뒤따라온 사냥꾼들은 온기의 방향을 좇아 엽총을 쏘았다.

은백색 총알이 들소를 꿰뚫고 어둠의 살점 깊은 곳에서 반짝거릴 때

놀란 들소 떼는 밤하늘의 별자리가 되어 사라져갔다.

날이 밝아오자 허수아비는 두 눈의 단추를 뜯어내고

길을 떠났다. 북북서에서 북북서로

어둠뿐인 세계의 별자리를 지도 삼아

새들이 날아들고 새싹이 돋아난 자리만큼씩 작대기를 움직였다.

마침내 끝나지 않는 봄날에 당도했을 무렵

허수아비의 주머니에서 이오라는 꽃씨가 떨어졌다.

이오는 허수아비의 고향을 잊지 않았으므로,

지구 반대편의 겨울을 거슬러 봄에서 봄으로 꽃씨를
퍼뜨렸다.

마침내 뒤돌아 누운 사람 곁으로 가 눕던 날, 사냥꾼
들은

눈 속에 핀 이오를 보기 위해 몰려들었다.

밤하늘의 들소 떼가 이오의 언저리마다 은백색 발자국
을 찍었다.

뒤돌아 누운 사람은 흐느끼기 시작했다. 첫눈이 내리고
수십억 광년이 흘렀지만, 그는 여전히 신이었다.

물의 오파츠*

물병자리에 담긴 물이 쏟아지길 바라는
사하라의 소녀처럼
갈증이 찾아올 때마다
앞뒤 없는 직전을 고백하는 상태들.

가슴 한가득 무지개를 품고
투명함 속으로 두 눈을 드미는
검고 창백한 구름을 구원으로 여기지 않도록

천사여,
거추장스러운 날개를 떼어
수면에 비친 태초의 창문에 매달아주오.

일렁이는 물결을 열면
그곳은 아담과 이브의 입맞춤 속.
히드라의 낮잠이 떨어지던
고대 그리스인들의 우물.
셰익스피어의 마지막 잉크가 찍어낸
엘리자베스 시대의 눈물.

함성의 절정처럼 멍하게
정지한 순간에도
한 컵의 물은 고심 중이다.

얼어붙을 것인가?
끓어 넘칠 것인가?

차례로 물을 거쳐 간 사람들의 애도가
맹탕이 되어가는 동안

조물주는 궁금했다.
캡슐에 담긴 창세기의 시간이
쓰디쓴 알약처럼 식도에 걸려 있는지.

* OOPArts. 'Out-of-place artifacts'의 약자로 시대를 벗어난 유물들
의 총칭.

남반구

저 눈이 마다가스카르 앞바다에서 태어난 구름이라고 생각하면

희망봉 설산의 용을 만난 것 같고, 용을 타고 날아가 스리랑카 홍차로 목을 축인 것도 같고, 인도차이나반도의 거북 껍질로 점괘를 얻은 것만 같다.

숨소리 낭랑한 지붕 위에서 팔짱 낀 중년의 머리끝에서 꾸벅꾸벅 여백을 옆에 앉힌 아가씨에게도

세계의 모든 모서리마다 이부자리를 까는 숫눈.

인도양 너머 동글동글한 새벽이 오면 발자국을 찍을 수 있을까?

종점에 두고 온 꿈결들을 깨울 수 있을까?

팡팡팡 한국산産 눈물이 쏟아진다. 우리는 마다가스카르 펭귄처럼 고개를 들고 눈사람의 진심을 그리워한다.

그가 믿었던 중력에 대하여

되돌아갈 팔과 다리에 대하여

목적지가 얼어붙은 환승 센터에 가면
당신도, 나도 갈 곳이 있다는 거짓말.

마다가스카르에는 고향이 없다.
동지冬至라고 부르는 투명한 일들과
남반구를 떠올리는 가정법이 있을 뿐.

루프트한자Lufthansa*

독일 여자가 나를 사랑한다.

나는 독일에 가본 적이 없고 독일 여자는 독일을 잘 모른다.

모른다는 가능성은 사랑과 무관한 일이지만

독일은 언제나 가책을 느낀다.

어떻게 처음 떠올린 사람에게 그런 억양을 주었을까?

독일 여자가 사랑하는 나는 가능한 한 독일에 가까운 일들을 생각한다.

라이카 카메라와 전차 군단과 맥주 그리고 독일 마을

독일 여자가 사랑하는 나는 점점 더 관광지가 되어간다.

관광지에 가면 평화로운 자세를 요구하는 폐허가 있고

폐허를 설명하기 위해 독재자의 이름이 친근하게 오르내린다.

독일 여자는 그가 독일과 무관하기를 바라는 눈치다.

누군가를 싫어하는 것도 역사가 될 수 있다고 내가 말했다.

독일 여자는 자신의 억양이 어머니를 닮았다며 한숨을 쉰다.

그것은 독일과 무관했지만 독일에서 일어난 일이다.

독일 여자는 어디에서나 나를 사랑하고 나는 독일 여자의 억양을 흉내 낸다.

서가에 장식된 베를린 장벽의 돌조각처럼 나의 억양도 차고 지글거린다.

그러면 고국이란 단어를 나누지 못한 유년이 조금 쓸
쓸해진다.

베를린 장벽이 무너진 다음 날에도 독일 빵집과 독일
안경원은 친절하거나 불친절했다.

머지않아 사라질 가게의 주인들은 고국을 그리워했을
지도 모른다.

어째서 사랑은 서로 다른 국적기를 편하다고 말하는
공기 중에만 떠 있는 것일까?

독일은 여전히 가책을 느낀다.

독일 여자가 사랑하는 나에게 아무런 가이드도 하지
못한다.

* '공기 동맹'이란 뜻의 독일 항공사.

창문극장

― 신부新婦는 귀밑머리만 풀린 첫날밤 모양 그대로 초록
저고리 다홍치마로 아직도 고스란히 앉아 있었습니다.*

누구에게나
숨기고 싶은 것 한둘은 있다.

매일 아침 불투명을 일으켜 세우는 햇살 아래 나는 뜨
겁게 달궈진다.

바깥쪽의 눈과
안쪽의 귀는
둘 사이를 오가는 타인의 입술마저
하나의 평면 위에 버무리려 한다.

어른거리는 나비가
나비넥타이를 맨 '행인 1'과 함께 다녀가고
아름다운 구속을 당기는 얼굴엔

신문지상의 용의자들과 비슷한 인상이 번져 있다.

기하학적 무늬의 간유리에 부딪히는

저 불규칙한 윤리들을 보렴,
석양보다 붉게 물들던 서로의 상처에 얇은
스카치테이프를 붙이며

한때는 돌을 들던 사람들도 진심으로 떨어야 할 외풍
을 걱정한다.

지난밤 창을 두드리던 '취객 1'이
분실한 대사의 주인공들을 부를 때
불 꺼진 방 안에선
흐느낌의 먼지조차 지문地文을 달고 흩어졌다.

부딪친 창가를 떠난 뒤에야 연기할 수 있는 눈물을 흘
리면
낮은 빗소리에도 되돌아올 것들이 보일 텐데

커튼콜이 끝나도 자리를 뜰 수 없는 일생으로
마침내 재가 된 신부를 떠올리는 새벽

어른거림이 삶에 대한 애도라면 나는 이미 죽은 목숨
이다.

사람과 '사람 1'의 경계마다 요물이 산다.
귀신의 가슴께에도 창가를 스치는 배경이 밝아온다.

* 서정주, 「신부」.

라디오 데이즈

벽 하나를 사이에 두고 제법 큰 떨림이 온다

깊은 밤 틀어놓은 전인권의 라이브처럼
볼프강 아마데우스 모차르트의 긴 협주곡처럼

나의 연인은 김광석을 좋아하지 않았지만
서로 등을 맞대고 벽 너머 얼굴을 떠올려보는 이 한참,
우리에게 불면을 덮어주던 떨림을
운명이라고 부른 적이 있다

몇 통씩 항의 전화를 받는 날이면, 근황보다 먼 곳을
물었다
무심코 긁적인 자리마다 진물이 흘러내리기도 했다
하드보일드한 나의 심장도
두터운 콘크리트를 뚫고 나온 무단 송출 채널

천장에서 어둠을 갉아대는 소리
한낮의 적의敵意가 뭉쳐지는 소리가 들릴 때
박히지 않는 못의 대가리를 후려치다 끝끝내

제 속을 짓이기고 마는 운명

피 묻은 안테나를 세우면 온몸으로 날리던 엄살이 지
글거린다

에덴의 시험 방송 어디쯤
귀신을 닮은 손금에도 스테레오가 잡힌다

네번째 사과

이곳에서 너는 사적인 공간이야. 나의 이빨과 혓바닥이 머물다 간 싸구려 호텔이야. 식욕과 성욕이 동시에 교차하는 혼숙을 허락하는 거실이야. 붉은색 하드커버를 가진 너는 포르노그래피를 떠올리게 하지. 가장 은밀한 부위에는 신화를 숨기고 있어. 그곳으로부터 나는 고전적 성교 양식을 학습해.

이곳의 모든 이야기는 당신의 낯빛을 바꾸는 데 일조했어요. 만유인력의 법칙은 당신에게 지구를 떠넘긴 최초의 사건이었죠. 그럼으로써 당신은 지구의 종말 따위에 절망하지 않았어요. 지독한 현실주의자의 입속에서 '달다'의 반대말을 고민하지도 않았죠. 사과의 맛에 대해 사유하는 당신은 당신의 사진으로부터 가장 먼 종족이에요.

그러나 신앙을 가질 수 없는 그는 숭배의 대상이 아닙니다. 고해성사는 오직 벌레들에게만 허락된 특권입니다. 아무도 그와 같은 사과를 주고받는다는 사실을 인정하지 않습니다. 그는 사과를 모릅니다. 그는 식탁에 둘러

앉은 동거인입니다. 사과를 건네는 교양에 대해 고민하
지 않습니다. 그는 반으로 쪼개집니다. 그 속에 독이 든
사과의 원죄가 열리고 있습니다.

무연탄

악몽을 꾸지 않아도 두터워지는 설태처럼 나날이 어두워지는 아랫목
수십 개의 눈으로 충혈된 연탄이 사람의 낯빛으로 식어간다

뭉칠수록 단단해지는 하드 밥*의 눈이 내리면 재로 변한 이목구비를 가진 누군가
내 옆으로 다가온다 두 덩어리로 눕는다

뜨거움이란 가장 높은 온도에서 흰빛을 내는 것 눈사람의 냉가슴을 위태롭게 쌓아 올리고 또다시
두근거릴 순간을 고대하는 것

고대 지층의 흑심을 품고서야 겨울을 보낼 웃음을 가졌지만
입맞춤할 체온은 두 번씩 찾아오지 않는다

무심한 곁눈질에도 진창으로 화답하던 뒷골목의 나날들

젖은 눈을 뭉치던 아이가 운다

녹아내린 심장 위로 얼룩무늬 스웨터를 벗어 주고 갔다

* 1950년대 유행했던 재즈의 한 형식.

몽타주

— 장면과 장면 사이에 섬이 있었다. 떠돌이 약장수들이
천막을 치고, 조잡한 공연이나 오래된 영화 따위를 보여주었
다. 애들은 가, 애들은 가, 외쳤지만 천막 틈새로 상체만 집어
넣은 아이들은 허공에 뜬 채 몸을 흔들었다.

떠돌이 약장수가 부리는 차력사들이
프레임을 부순다
초당 스물네 장의 부적을 팔면서

가짜 영지버섯을 주워 먹은 아이는
아버지의 멱살을 잡고
유대인이나 말갈족의 표정을 짓는다

오늘의 상영작은 「산송장」
나도 지나간 날에는 배우를 꿈꾸고 살던 때가 있었
단다*

수프를 보고 기뻐하는 연기와
태양을 보고 기뻐하는 연기 사이에서

스스로 목젖이 돋아버린 네거티브 필름 한 롤

어째서 사랑조차 내게 오면 일용할 양식이 되고 마는가
아이의 눈동자 속 살아 있는
송장을 찾으러 온 차력사가 분주하다

아버지의 두 눈을 뒤집는다

* 김수영, 「거리 2」.

독재자

삼각플라스크 속 바다
바닷속 정어리가 상상했던 하늘
알바트로스의 눈에 비친
고대 폴리네시아인의 하늘지도
사랑의 묘약이란 어쩔 수 없는 것

쓰러진 줄리엣의 꿈속에서
로미오는 사모아의 추장
잠든 연인을 빠빠라기*라 불러줄
전라의 토인

10센티미터 안팎 심해를
알코올램프 위에 올려놓고
실험실 한가득
투신한 시체들을 건져 올릴 때

달궈진 플라스크를 빠져나간 적도 어디쯤
한 마리 플랑크톤의 감정이
신대륙을 불러 세운다

슬픔은 우연과 스토이시즘이 침전된 선물을 건넨다
는 것
　　싸구려 포도주로 만든 위약僞藥을 따라
　　바다 밑바닥 마그마를 들이켜보는 것

　　서로의 체온만큼 허공을 덥히며
　　플라스크 속 육지를 찾아가는 항로에서
　　뱃머리는 삼각형의 추억을 지닐 줄 안다

　　사랑의 묘약이 엎질러진 태평양
　　그 복판에서 파닥거리는
　　핵잠수함을 이끌고 죽음은
　　어떤 화학식으로
　　지나간 생애를 보존하는가

　　로미오의 주검 곁에서
　　불발된 어뢰를 건져 올린다 다음 생엔
　　그린란드의 바이킹을 찾아가야지

줄리엣과 로런스와 검은 큐피드와 함께

* 하늘을 깨고 나타난 사람. 사모아 원주민 말로 백인 혹은 낯선 사람을 뜻함.

봄의 그라피티

내용이 있는 여백은 순조로웠다

벽화를 향해 창을 던지는 고대인처럼
나의 사랑은 아직 문명을 모른다

빗나간 큐피드의 화살이 박힌 신촌 굴다리

아스팔트를 걷어낸 대지를 떠올리면
최초의 발자국들이 들소 떼를 쫓아 내달리고
동굴에서 태어난 아이는
4천 년째 참았던 침묵을 운다

담장 아래 버려진 스프레이 깡통엔 유독
노란색이 많았지만
서양민들레의 고민은 꽃말이 아니라
덧칠한 심장의 은폐에 있음을 헤아려야 한다

이름 붙이지 못한 뒷모습을 둘러보거나
둘러본 뒷모습의 생활을 유추하는 일조차

내게는 심장이 필요한 고통
헐렁한 청바지를 움직이는 어둠을 불온하다 이른 뒤
에도
한 손을 쥐여준 여인에게
적당한 목소리를 들려주지 못한다

외로움이란 말을 모르던 시절,
의미 없는 한 줄 낙서를 적으며 눈물 흘릴 때
벽화를 뛰쳐나온 짐승들은 비로소 짝짓기를 시작하고
우리의
생애를 처음 만든 누군가
살아 있는 사슴을 어깨에 두른다

*가자, 장미여관으로**

비가 와도 씻기지 않는 절정을 처바르던 입술로
원시림의 복판처럼 신촌 로터리를 돌아본다

오늘 하루, 심장은 잊기로 하자

배역이 없는 배후들을

사랑하기로 하자

* 마광수의 시집 제목.

무반주 첼로 모음곡이 들리는
가로수길에서

나무는 살이 연하다

누군가의 이름이 새겨질 때에도
그 이름 위로 사랑과
저주가 덧씌워질 때에도 나무는

사람 때문에 움직이지 않는다
사람 때문에 울지 않는다
사람 때문에 약속하고
사람 때문에 기억한다

밑동만 남긴 채 잘라버려도
나무는 환상통을 앓으며 자라난다
새가 앉았다 간 자리
바람의 발톱에 파인 허공에 눈물짓던
한 사람 때문에

나무는 죽어서도 숲을 이루고
들짐승을 키운다

저보다 살이 연한 사람들이 숨어들 수 있도록
낮빛까지 올라온 사연들을
어둠 속에 담아준다

나무는 음이 연하다 에덴에서도 그랬다

매 순간 인도人道를 향해 몸을 휘면서
어둠 속에 담아둔 것들을
사람보다 오래 옮기고 오래 그리워한다

내간內簡

　현미경으로 본 바늘 끝에는 운동장만 한 대지大地가 있
었다
　귀를 대어보면 바람 소리나 희미한 웃음소리 같은 게
들려올 것도 같았다

　피 묻은 몽당 빗자루가 묶어 도깨비가 된다는 속설처
럼 누군가를 찌른 바늘도
　장롱 밑바닥에 앉아 요물이 된 건 아닌지

　배율을 높인 바늘 끝에는 흩어진 일가一家의 혈흔이
보였고
　한 사람의 것으로 짐작되는 콧김과 머릿기름 따위가
뭉쳐 있었다

　손을 따는 것은 자신의 체취를 핏줄 속에 흘려 뒤엉킨
매듭을 푸는 일이지만
　미처 희석되지 못한 체취는 몸속 어딘가에 박혀 사람
의 모습으로 깊어지기도 할 텐데

매일 저녁 바늘귀에 눈을 맞추며 살아온 사람과
조금씩 줄어드는 바늘의 면적을 그리워하던 사람에게
한 땀 비련은 무딘 바늘을 주고받고서야 완성되는 문
양일까

살에 닿기 직전 가장 은밀해지는 연애를 간수하고 나면
열 손가락을 따고서도 내려가지 않던 기별이 체증滯症
으로 남는다

어머니의 등을 두드리며 읽어낸 문장 속에서 아내의
뒷모습이 겹칠 때
타인을 파고들던 생애가 제 살의 여린 부위를 꿰뚫고
지나갈 때

나라는 바늘도 직진을 멈추고 몸을 휜다

시원하다, 능청으로 버텨낸 핏줄 속 겨울을 오가며
노련한 복화술사의 얼굴을 내밀듯 휘어진 속내를 기운
적이 있다

눈 내리는 마을

허기가 진다는 건
하얗게 달려간다는 말

더 큰 빈 곳을 들추고 들어가
밤새도록
고픈 사랑을 풀어놓는 것

타인의 허기를 모른 척 휘휘
흰죽을 젓고
또 저으며
식어가는 순수의 궤적 속으로 부서지던

마침표를 띄워보는 일

나타났다 사라지는 저 한통속에도
마주침의 비문이 있을까

봄의 첫날, 밥상을 물리며 우는 것도
하얗게

달리고 있다는 말

아지랑이마다 붙들려 나온
허기의 숨찬
방울, 땀방울들아

버려진 운동화 같은 겨울의 편지지 밖으로

슬픔이 반환점을 돌아 나온다
빈 그릇을 드밀고
또 드미는
은백색 스테인리스의 눈빛

풍만하게 달려온
서른의 백야

직립보행

동굴로 되돌아간 아르디*가 걸어 나온다.

네 발로 기어 다니던
타인의 감정에
최초의 한 손을 거들었을 것이다.

폐허는 왜 무너져 내린 것들인가?
사라지지 못하고
무너져 내린 것들뿐인가?

21세기에도 작두를 탄 무당은 중력을 잊고 뛴다.

사랑을 만나도 허물어지지 말자.
내 슬픔의 척추가 너에게로 다가간다.

* '아르디피테쿠스 라미두스'라는 학명이 붙은 이 화석은 440만 년 전
인류로 추정되고 있다.

46

2부

봄은 한쪽 눈을
감고 온다

아지랑이

꽃밭에 가면 모두가 철제 침대에 묶여 있다.

하늘을 보며 히죽히죽 웃던 아이가 바지를 내리고 오줌을 눈다.

아무런 기약이 없어도 슬퍼할 일들은 볼일로 남는다.

찢어진 채 흔들리던 겨울의 보호자, 입원 동의서를 써준 그가 다녀갔다.

직립보행

너에게 가기 위해 기둥 하나를 들였다.

먼저 간 행인들은 허술하다 했지만 눈 덮인 미래의 풍
경 속으로
발을 헛디딜 때에도
멱살을 움켜쥔 무수한 일상에 고개 숙일 때에도

굽어가는 기둥 하나로 직립할 수 있었다.

사막과 황무지를 지나는 동안
기둥과 함께 버려진 인연의 미라를 본 적도 있다.
인연의 황혼을 믿는다면 그들의 내세에는
무관심의 누더기가 무르팍을 덧댈 텐데.

사랑을 배운다는 건 쓰러지는 기둥에 붙들려 무릎 꿇
는 것.
한 생애를 지지대 삼아 균형을 잡아가는 것.

또 다른 기둥을 만나 지붕을 올리고

서로의 천장을 바라보며 잠들기 위해서,
청춘의 저울질은 그토록 수북이 위태로웠던가.

삶은 매번 죽음을 누일 언덕을 굽어보다가
기둥을 짊어진 채 산비탈을 오르내린다.
머물다 간 엄살마저 약수처럼 흐르면

부드럽게 길들여진 이별의 생면부지를 기억한다.

척추라는 슬픈 저녁을 수소문하던 민가의 불빛.
집집마다 흰개미가 달려드는 뒷모습을 어루만지며

썩은 기둥으로 만든 신전의 예배당을 돌아본다.

심장

1분에 70번, 발소리가 들린다. 누군가 나를 짓밟고 있다.

한 발자국, 한 발자국씩 나는 음가로만 존재하는 너의 세계를 관통한다. 너를 그러안고, 입술을 맞추고, 서로의 시선이 맞닿은 자리마다 새로운 이름을 붙여주었을 것이다.

최초의 나는 너라는 느낌. 최후의 너는 나의 말들이 살아갈 신대륙을 발견해주었다, 믿었을 것이다.

숨을 멈추면, 오장육부 사이사이 아스팔트가 깔리고 빌딩이 솟구쳐 오른다. 폐부 깊숙한 곳에선 끈적끈적한 환락가가 들어선다. 가장 값비싼 자리에 성모상을 세운다면 한 줄기 빛으로도 서로를 잉태시킬 수 있을지 모르지.

*우리*라는 주문을 외우고 나서야 한없이, 한없이 멀어지는 순간들,
우산에 맺힌 연애를 접고 빗방울에 처음 목숨을 가져다준 꽃들을 흔든다.

무작정 하늘로 솟아오르던 눅눅함에 대하여, 눅눅함을
펼쳐 하얗게 떠가는 뒷모습들에 대하여

너는 제자리걸음의 히치하이커, 풀 한 포기 자라지 않
는 이곳에서 나를 짓밟고 외로워한다.

바리데기를 새기다

꽃이 눈물을 마시며 자란다고 생각한 이후
이별을 받들던 풍요와
미래를 부숴버린 웃음마다 꽃 내음이다

무덤 위에 피어난 꽃이
아무런 가책도 없이 흔들릴 때
식물의 생식기라든가, 심장까지 이어진 내장을 떠올
리면
가시를 나눠 가진 몸들의
유전병 같은 저녁이 떠오른다

백 년 전 해골이 자신의 머리칼에 휘감기듯 꽃은 지는
것이 아니라 말려든다는 생각
멀리 꽃 내음에 취해 자신이 다녀간 자리에 또다시
도착한 사람도 있었다 스물네 송이 가지런히 꽃다발을
만들고 방랑이라는 살색 포장지를 두르고
바리데기는 사랑이 웅크렸던 진흙탕을 보았을지 모
른다
때로는 자궁 같았고 때로는 무덤 같았던

방랑은 얼마나 많은 벌 떼와 나비와 바람을 종말했던가

꽃잎에 숨겨진 가시가 외부에서 외부로 어긋난 인연의
실밥을 드러내주었지만
가시는 기실 눈물을 식수로 쓴 꽃들의 내장
내부에서 외부로 외쳐진 날카로운 나르시시즘이었다

강바닥에 썩어가는 가슴도 한때는 꽃으로 문지르던 사
연입니다 시대의 꽃 내음에 절망하던 청춘들은 닳아빠진
속내를 꺼내 문신을 새깁니다 목덜미에 피어난 꽃들도
꽃말을 지니고 있고 당신의 모국어가 까닭 없이 베끼던
사랑과 존나에 흔들립니다 시궁창을 뒹굴던 두 눈으로
가슴을 매만지면 헌책방 가득한 설화들이 페이지를 넘깁
니다 작자 미상의 결말은 얼굴 속 해골이 또 다른 해골을
향해 내밀던 눈빛이었습니다

무심코 주워 든 낙엽의 뒤편에도
잎맥을 흐르던 눈물이 있고 다시금 누군가의 강이 되어
생과 재생의 침묵으로 흘러갔을 것이다 세상은

아무렇지도 않게 손을 씻겨주었지만

어떤 깨끗한 청춘도 에미애비 없는 당분간처럼 물려줄

것이 없었다

망가진 개 떼 같은 봄날

바리데기가 만진 두 눈이 햇살을 이끌고 온다

견고한 삶일수록 자주 문턱을 잊는다 했다 곁에서부터

시들어가던 꽃잎처럼

오래된 사람을 문지르면 뼈다귀가 먼저 피부를 운다

금환일식

너의 고통이 짙어질수록
나는 점점 더 빛난다
별을 보다 눈이 멀어버린 천체물리학자처럼
타인의 빛을 탕진하며 홀로
남겨진 사랑

330년*의 호흡으로 고독을 말하기 위해
내 어머니의
어머니들에게서 물려받은
저녁의 나이테들이
언젠가 반짝였을 금빛 가장자리를 지운다
한 생애의 약지를 향해간다

우주에서 잃어버린 마음 하나가 입가에 맴돌 때
제아무리 술을 부어도 성배가
되지 못한 입술들은
끝끝내 말이 될 배후를 흘리고 있다

이상하지, 우주에서 발음할 수 있는 건

모두가 익숙한 일들뿐이구나

살색 반지 자국으로 남을 지구의 그늘에서
누군가의 전생이 태양처럼 떠오르고
그을린 유리 조각을 대고서야 보이던 아이들은
강철의 이빨이 돋아난 불개를 닮았다

달에서 바다** 를 보았다는 최초의 눈동자 속
반지를 삼킨 물고기는 이제
밤의 하구를 거슬러 오른다

무중력의 고독을 견뎌낸 사연들이 금빛
상처로 불타오르고
지상에 없는 징조들로부터 너는
까마득한 공복의 인연을 더듬어 손을 뻗는다

아직은 이승의 한낮, 그러나 타인은 어둠이 되고
미래의 아이들이 파먹은 태초의 원반을
어둠의 끝자락에 끼워 넣는다

한날한시 첫 꿈의 굵은 마디마디

슬픔이라는 육체의 겹침을 서로를 향해 쌓아 올린다

* 개기일식을 관찰할 수 있는 주기.
** 달의 바다Lunar mare.

여독旅毒

커다란 여행 가방을 꾸린 뒤에야
그만큼의 외로움이 가짜인 걸 알았다
내가 가진 고지도의 경계들은 때론
대문 앞에서 시작해
경계를 타는 아슬아슬한 지명조차,
옛 애인을 본뜬 상형문자처럼 읽힐 때가 있다

낯설다는 느낌 하나를 얻기 위해 새들은
매번 둥지를 옮겨 짓는 것일까
황후를 감금해 구름이 되길 빌었다는 고대 설화에서
의심스러운 것은 가뭄이 창궐한 도시였지만,
바그다드를 출발한 저녁은
수천 년 사마르칸트를 지난 뒤에도
여정을 바꾸지 않는다

차오를수록 누구도 의심하지 않았던 달의 뒤쪽
나와 같은 행간을 가진 별들의
마침표가 떨어지는 걸 본다
축척을 속인 자들이 눈물을 머금고 나면

버려진 차표마저 편지로 변해간다는

농담, 농담들

지상의 마침표들이 모여 말줄임표를 이룬 뒤에도

어떤 엄살은 무중력의 연령을 지닐 줄 안다

포터들의 희미한 지문처럼

마지막 변방으로 남은 정오를 흥정하면

바람을 뒤따라온 적막의 요충지가 손톱 위에도 뜬다

부푼 여행 가방을 열고

줄어들지 않는 이역異域의 무게를 가늠할 때

비좁은 속내를 뒤적거리던 화두가

입석뿐인 독설毒舌을 기다린다

인클로저enclosure

의미 없는 후렴을 붙들고 여기까지 왔다

물보다 담배 연기가 절실한 얼굴로
지중해를 건너온 석양은
사막을 떠올렸을 것이다

다리를 저는 청춘을 이끌고
입 벌린 가죽 구두에 담긴 어둠이
별빛 대신 부르튼 발가락을 그리워할 때

이곳은 여전히 비좁고
당신과 나는 떨어져 있다

윤회하는 유년이 있다면
누군가의 서른에도 아직 불구가 남아 있어
엇박으로 발장단을 치는 길목 어디쯤에서
하얀 발목을 드러낸 들짐승들의
윤척없음, 더 이상 피 흘리지 않는 사소함에 대하여

이별은 사방이 뚫린 내륙을 닮아간다

부모의 죽음처럼 미화될 사랑이
가슴에 박힌 못마저 쇠붙이로 품으면
잡지 못한 두 손에도 극성이 생긴다
한 번도 스스로를 외로워하지 않았던
마른 숙주의 시간

나침반을 든 추억이 울타리를 치고
접근 금지 푯말을 세운다
수북한 양 떼들의 울음을 정착한다

생일

돼지 뼈의 일부를 감자라고 생각하며
감자탕을 먹는다.

서대문구에나 강남구에나 한결같던
불광동 감자탕집.

오해가 있는 식구와 나는
국물과 살코기에 대해 이야기한다.
무언가
뻑뻑해지지 않도록.

30년 원조가 24시간 장사를 해왔다면
냄비 속 감자는
식물도 동물도 아닌
혈육이지 않을까?

옆 테이블에서
감자탕 맛이 변했다고 중얼거린다.
미각과 연륜은 반비례하지만

그것과 무관하게
감자의 속뜻은 어딘가에 감춰져 있다.

오해는 말 대신 수북하게 뼛조각을 쌓고
뼛조각에는 더 이상 감자가 없다.
어떤 비밀도 없다는 듯이.

따지 못한 소주를 물리며
우리는 밥을 만다.
아주 똑같은 자세로.

동시에 일어서서 흩어지기 위하여.

두더지

가슴속에 구덩이를 파고
꾹꾹 눌러 담은 얘기들로
죽순을 키운다.

허구는 언제나 바람이 앉았다 간 자리.
사라지고 나서야 보이는
미련 같은 것.

구덩이에 물이 고이면
진흙탕 속 저녁이 찾아오고.
우주의 가책을 한 줄기 별똥이라 부르던
점성술사가 스쳐 간다.

사랑의 금관으로 임금이 되었다가
'응앙응앙' 울 수도 없는
당나귀가 되었다가.
추수하지 못한 죽순들을 키워야 할 때 진심은
단내를 풍기며 다녀간다고.

죽순이 자라 대숲이 푸르러지면
가슴을 흔들던 바람은
감정을 떠받친 웅덩이를 기억할까?

시간이 흐를수록 입안을 맴도는
질기고 부드러운 민담.
더 이상 목숨이 아닌 절정들.

가슴 어디쯤 시퍼런 것들을 오려내고 싶다.

정오의 햇살 아래 환하게 눈먼 짐승처럼.
돌부리를 껴안고 우는
맹랑한 얼룩들처럼,

신촌에서

── 최승자 시인에게

황록색 은행잎을 밟고 들어간 굴다리
밑에서, 젖은 블라우스 위로 좀더 젖은 흐느낌을
피워 올리던 여자. 나쁜 년아, 나아쁜 년아.
취객의 고함에도 아랑곳없이 나트륨등의 주황색 불빛
기분 나쁜 소리를 내는 희미함으로
누군가의 이름 석 자에 그림자를 매달던 여자. 비를
맞지 않아도 여자는 점점 더
젖어들고 나는 조금 떨어진 심정으로 의미
없는 입김을 보태다가 이름의 주인공들을 생각한다.
이곳에서 처음 사랑을 약속했던 사람들.
서로의 어둠을 꺼내어 놓고 밤이 오기를 기다리던
피 흘린 짐승의 뒷모습들. 수 세기가
흘러 여자의 사랑이 묻힌 자리에 콘크리트가
깔리고 비가 오는 날이면 사람을 그리워하다
굴다리가 되었는지 모른다. 멀리
네온사인 십자가를 보며 주고받던 고백도
심장 아래로 아래로부터 발끝을 꿰뚫고 내려가 지층
어디쯤 들려왔던 것. 헤어질 사람들과 또 앞으로
태어날 만남들을 경의선은 부지런히 실어 나른다.

콘크리트를 뚫고 나온 하얀 민들레가 늦여름의

첫 꿈을 태워 보낼 때 그대로

주저 앉아 썩어버릴 수도 없던 여자. 비가 그치면

여자의 속내도 낙수처럼 흐를 테지만 한 발자국, 한 발

자국씩

비를 피하러 몰려왔던 무수한 사랑들은 뿌리를 감춘 채

떠나버렸다. 신촌에서 보았던 여자. 부모도 시대도

모가지도 없이 생애의 전부가 흰자위였던

꽃잎의 여자. 몇 세기 전 어느 겨울밤 아무도

모르는 가슴에 묻고 뭉개지던 청파동 그 여자.

외올실*

1

막다른 골목을 빠져나오며 보았던
발자국 위 또 한 발자국
초겨울의 숫눈 위로
네발 달린 맹수가 뒤따라오고 있었다
핏덩이 같은 고백을 송곳니로 깨물고
허물어진 담장 밑
배고픈 새끼들을 향해 가듯이
당신을 기다리던 나를 앞질러
개들이 짖어대던 청춘의 모퉁이를
아침처럼 내달리고 있었다
무수한 화살이 태초의 맹수를 겨누고
더운 심장을 길들이기 위한 올무가
시간을 잡아끌었지만 매번
붙잡혀 온 것은 직립의 절뚝거림뿐
하얀 입김을 내뿜는 살점과
얼룩무늬 등허리의 촉감을
어째서 상처도 없이 거두려 한 것일까

2

당신을 기다리는 동안 두번째
막다른 골목에 고독이 갇히고
나는 킬리만자로의 만년설까지 이어진
긴 핏자국의 행렬을 고쳐 쓴다
창문 너머 당신의 음영이 비칠 때
슬픔은 마지막 발자국으로부터
되돌아오는 것 앞코가 벌어진 운동화의
무심한 본드 자국처럼
곁을 내어준 자리엔 찌꺼기가 경계를 긋는다
당신의 발치께에 눈이 쌓이면
눈 때문에 디뎌야 할 봄날이 먼저 시리다
떠나간 사랑을 아는지
그것은 맹수가 맹수를 부르다 흘린
눈물 속 내력이며
결빙의 발을 감춘 야경이 포효하던
홀로 선 인생의 뒷모습이었다

* 오직 한 가닥으로 이루어진 실.

봄은 한쪽 눈을 감고 온다

매일 밤 심장을 조준하던 한 호흡의 총알
살아 있다는 건 바짝 엎드려 불을 당기는 일이지
총알이 당신을 꿰뚫고 가쁜 숨으로 되돌아올 때
꼼짝달싹 못 하고 총알받이가 되어가는 일이지
숭숭 구멍이 뚫려 이제는 허공만 남은 사랑
오발탄이 박히면 점점 더 넓어지던 시간의 격전지에서
생포한 슬픔들을 이끌고 다니는 일이지
단단히 포승줄을 묶고 이러지도 저러지도 못한 채
더 많은 슬픔들과 교환하는 일이지
옷깃을 적신 피비린내를 추억으로 닦아내며
전쟁터에서 받은 첫아이의 이름을 짓고 그 이름을
평화처럼 부르던 날 햇살은 꼭 한쪽 눈을 찡그리라 하
는데
다시 자세를 잡고 아지랑이를 겨누라고 하는데
살아 있다는 건 표적을 물려주는 일이지
남은 총알 몇 개 아이의 조막손에 쥐여주면서
영영 당신을 겨눠야 하는 일이지

우로보로스*

폭염이 지나간 자리
누군가 만들다 만 꽃반지처럼
독 오른 백사가 매듭에 갇혀 시든다
클레오파트라의 사랑에 꼭 맞는 가을을 물고서
한배에서 나온 패륜을 견디며
잃어버린 사족의 등장인물을 기다린다

* Ouroboros. 고대의 상징으로 자신의 꼬리를 물고 있는 뱀.

전신목

한 마리 유기견의 영역을 따라 여기까지 왔다 이따금 두꺼비집을 드나들던 촛불 근처엔 은사시나무를 기억하는 새들의 행방行房이 분주했다 왔던 길을 되돌아가는 불안으로 미열의 보안등이 신음을 내고 저마다의 회로가 서로 다른 그림자였음을 확인할 때 사람들은 자신의 극단부터 지우는 법을 그믐이라 발음할지 모른다

고향을 떠난 꽃이 오독을 피운다는 속설을 들려주며 누이는 화장기 짙은 나이테를 이끌고 잎새를 호객하러 나섰다 서사는 없고 세계만 남은 일기장에 계량기를 그려 넣으면 어느 검침원도 눈치 채지 못한 가전제품들이 모성을 감싸 안는다 그럴 때마다 하늘은 어떤 빛깔의 우기를 떠올리다 검어지는 것인지 문간방을 훑고 가던 구름은 익명으로 번져 있었다

유리창에 찍힌 공상을 닦아내면 유년의 홍등가엔 네온사인이 반짝거린다 한 번도 타인의 일생을 감전하지 못한 기억들이 살아 있는 나무처럼 낙엽을 흩뿌렸다 피복이 갈라진 고압의 삶을 지탱할수록 소음과 광증의 콘크

리트에선 지린내 가득한 민들레가 봄꿈을 피운다 무심코
나침반을 대어본 달동네 외로움이 높은 것이라면 서로를
끌어당기는 자취自炊가 있다

지하철 3호선
— 수서행水西行

수풀 위를 지나는 이슬의 전동 기관 종착역을 놓치면
육중한 쇠붙이로 변하는 고독

한 생애의 아침이 또 다른 아침을 버리는 서쪽 차디찬
두 손으로 끌어당길 수 없는 투신

전속력으로 내달리는 정오의 옆자리 욕망으로 북적이
는 만원 플랫폼의 선잠

무중력이 실어 나르는 천사들의 달력 잊어버린 약속마
다 표시된 공휴일의 동사

슬픔은

주어 없는 연쇄의 해맑은 가이드라인 순환하지 않았지
만 늘 되돌아오던 미지

3부

버드배스birdbath

랜드마크

차고 육중한 첫눈이 구부러진 못 위에 쌓인다

엇나간 못질의 철야가 밤새도록 환하다

붉은 물병

내부를 훤히 알고서도
나는 무엇인가 의심스럽다.

어떤 고백을 막으려고
하나의 주둥이만을 허용했을까?

갈증을 해소한 사람들은
단 하나의 주둥이마저
마개로 틀어막지.

투명한 페트병 속에 뜬
1965년의
자바,
수마트라,
발리.*

마개를 잃어버려도
붉은 물은 쏟아지지 않는다.

호텔과 리조트마다 설치된
분리수거함
그 체제의 수평선에서
속내를 알 수 없는 알루미늄 캔들과
뒤섞이고
찌그러질 뿐.

붉은 물은 스스로 걸어 나갔다.

아무도 고기를 잡지 않는
스네이크강**에서.
침묵을 목격했지만
침묵할 수 없는 할 말들처럼.

* 공산주의자 소탕을 명분으로 양민 학살이 자행된 인도네시아의 섬
들. 학살을 명령했던 수하르토는 사임했지만, 지금도 그 잔당이 실권
을 쥐고 있다.
** 백만 명 이상의 양민이 학살된 인도네시아의 강.

바바리맨

드러낼 수도 없고
뒤집을 수도 없다.

잠자리에 누워서도 겉옷을 벗지 않는
유대교 성직자들처럼.

벌거벗은 천사를 영접하기 위해
우리가 지불했던 미래,
셔츠 속 속옷을 입지 않는 예의는
돌려받지 못한 관세와 부가세에 관한
음모론일까?

이브의 몸을 가렸던 최초의 잎사귀가
피핑톰Peeping Tom의 눈으로 옮겨 붙는다.

기억이 나지 않습니다.
소신입니다.

바깥을 안쪽으로 집어넣은 새장과 혼신을 다해 빠져나

오려는 새들의 싸움.

젠틀맨이라고 불렀다.

도덕적으로 가장 완벽한 이 정부에서*
모두를 발가벗긴 단 한 사람을.

* 이명박.

옐로카드

해변에서 공을 차는 이유를
묻지 말자.

퍼엉, 퍼엉
발끝에서 발끝으로
이름 모를 브라질의 해변에서
아시아와 유럽을 돌아
보드룸 해변까지 늘어선
새까만 맨발들.

어째서 골대도 없는 모래밭으로
돌진하는가?
골대를 대신한 막대기 너머
광적인 훌리건이라도 기다리고 있는가?

세계의 아침은 언제나 아플 뿐,
코피를 쏟아가며 뛰고 넘어지고
다시 일어서야 하는 이유를 묻지는 말자.

퍼엉, 퍼엉
태양을 차고 놀던 아이들이
각자의 그림자 위로 모래를 턴다.
세 살 쿠르디*가 그리다 만
엄마, 아빠, 형
파도의 슬픔이 지운 삼각형 위로
또 다른 발자국이 꼭짓점을 만든다.

56억 7천만 년이 지났지만
여전히 길이 들지 않는 햇살 속에서
조물주가 만든 이상한
규칙들을 뒤바꿔보면서.
공기를 조금 뺄 수 없을까, 궁리하면서.

검푸른 멍들을 저녁이라 부르지 말자.
파도나 바람에게 어떤 입도
허락하지 말자.

* 터키 보드룸 해변에서 주검으로 발견된 시리아 어린이.

DSLR

카메라보다 먼저 가슴에 찍힌 가을
소독할 연장도 없이
지나간 여름을 꺼내려는 사람들.

우리는 오해할 것이다.
아픔에 대하여
5월의 태양처럼 무심한 빛줄기들

한쪽 눈을 감아야만 보이는
과부하를
혁명이라 불러선 안 된다.

수천만 화소로도 여전히
사랑을 담을 수 없고
전자동의 인공지능만큼이나
이별의 초점은 정밀하다.

내부는 아직 민트mint급이에요.
아무런 상처도 없어요.

광화문과 연대 앞을 지나
정류장만 남은 성산회관을 지나
어느덧
모든 만남이 실용품이 되어갈 때

10년 후에도 새것 같다는,
기계적 무의식의 탁월한 가성비.
우리는 가슴을 드민다.

견고하게 닫힌 조리개를 벌리고
하나, 둘, 셋
허공에 뜬 최루탄처럼.
함성과는 무관한 3교시 듣기 평가처럼.

천사의 몫*

천사는 입단속을 했다
휘발할 수 있는 건 오직 몇 퍼센트의
애국심뿐

*향유할 수 있는 자유의 일부마저 스스로 유보하고***

어느 경도, 어느 위도에서건
유리병을 채운 황금빛이
가짜든 아니든

너무나 모자라서
목숨과 뒤바꾸는 순간까지

* 위스키를 오크통에서 숙성시킬 때 자연 증발되어 줄어든 양.
** 박정희.

헬보이|Hellboy

미켈란젤로의 모세상에 매달린 뿔*
구원은 그렇게 온다

빛의 기둥으로 세상을 들이받을 수 있다면,
마포대교의 난간조차 푹신한 카스텔라

한강

투신율은 올랐으나
사망률은 떨어지는 이상한
부활의 기분

한강수로 소나무를 키우며 죽음을 다짐할까?

고릴라를 처음 발견한 새비지**처럼
새비지의 이름으로 흉포해진 고릴라처럼

카스텔라에 매달리자
입맛이 도는 불경스러움

세상과 부딪치지 마,

맛있을지도 모르니까

* 모세의 성스러움을 강조하기 위해 머리에 빛줄기를 조각했으나 잘린 뿔의 형상이 되었다.

** 고릴라의 두개골을 발견하고 최초의 논문을 쓴 미국인 선교사 토마스 새비지Thomas s. Savage.

엘리자베스 시대

햇살이 덴마크의 아침을 도금하고 있다

지금 막 레어티즈를 찌른 햄릿과
그의 심장까지도

황동 천사를 세운 노동자들이
마지막 광택을 내듯이

아침마다 사이보그로 변신하는 주인공을 만들고
셰익스피어는 불면증에 시달렸다

누군가 도금된 금을 추출하려 들까 봐
진짜 금으로 심장이 두근거릴까 봐

동해안

노숙을 하던 파도가
발자국을 씻어준다
씻은 것들을 곱게 펴서
때 묻은 맨발에 신겨준다

들것이 도착한 다음에도 하얗게
하반신을 뿜내는 투신
출생지의 맞춤과는 달랐지만
앞코의 물광은 여전했다

햇살이 구경꾼을 비집고 한 번씩
새 신을 샀다고 한 번씩
밟아보잔다

릴리퍼트 플레이 홈스*

홍대 앞의 오전은 평온했고, 덩치 큰 아이가 번번이 지갑을 놓지 않는 작은 아이를 뿌리쳤다. 멀지 않은 칼국숫집에선 칼국수 대신 다른 걸 주문했고, 분실물 보관소에서 찾아낸 일상은 자주 소인국의 것과 달랐다. 홍대 앞의 오전은 평온했고, 지하철을 타려는 사람과 내리려는 사람 모두 서로 다른 목적지를 기억했다. 계단을 오른 다음에는 또 다른 계단이 기다리고 친애하는 서두보다 대체적大體的인 결론에 몸이 떨렸다. 홍대 앞의 오전은 평온했고, 계단이 끝나는 곳의 문은 거저 열리는 법이 없었다. 망루나 크레인으로 멀어져간 뒷모습은 작별인사를 건네지 않았지만, 너무 작은 사람에겐 필요 없는 소지품 같았다. 홍대 앞의 오전은 평온했고, 말보다 행동이 앞선 인형의 팔다리가 더 사람 같기도 했다. 그 시각 용산역 앞의 오전도 평온했고, 울음이 꼭 인간적일 필요는 없었다. 다음 날의 평온은 거대했으며, 너무 작은 사람은 떨어져도 죽지 않을 거라고 생각했다.

* Lilliput Play Homes. 가구와 실내 인테리어가 갖춰진 고가의 인형의 집을 생산하는 업체 이름.

파르티잔 리뷰

무대 위에서 실패한 눈물이
분장실 깊은 곳
화장대 위로 떨어진다면

배역과 배우 중에
우는 건 누구?

연극을 보는 내내
상상력을 검열해보는
영리한 일들

어느 평론가는 솔로몬처럼 말했다

배역과 배우를 분명히
하시오

연극이 끝나면
친모를 자처하는 관객들이
칼자루를 쥐고 몰려든다

오 나의 아들,

가여운 민주주의 군君!

테이블

사형수가 헛디딘 나무 계단처럼
올라설수록 멀어지는
수상한 사각형

식사를 마치고
술잔을 비우고
삐걱거리는 섹스를 끝마친 뒤에도
우리는
미완으로 남는다

허물어진 대기 속으로 번지는
고유명사들
바람에 쓰러진 입간판처럼
서로를 일으켜 세우고
사각형의 안쪽으로 버무려놓을 때 우리는

정말로 정물이 될까 봐 불안해진다

굶주린 몰티즈가 짖는 풍경처럼

동그랗게 말린 냅킨 속으로

콧물이나 신앙심 따위를 욱여넣으며

은유 돼지 삼형제

늑대가 엄마라면 좋겠다
잘생긴 로물루스와 레무스처럼
근육질의
모글리처럼

볏단집도
나무집도
벽돌집도
우리는 함께 짓지 못한다는 공통점

늑대의 입속으로 처음
바람을 가져다준 사람은 누구?

늑대의 바람을 기다리며
쓸쓸하게 배고픔을 견디던 시간
늑대 젖이 모자란 아이들도
허기를 느꼈을 것이다

행복은 늘 자신이 살아갈 건축물을 비워놓고

세입자가 없다며 투덜거린다

벽돌집 굴뚝을 타고
굶주린 늑대가 내려올 때
우리는 서로 등을 맞댄 채 기다린다

이야기와 무관한 저녁 만찬을
아기 돼지와 무관한 한 근의 시세를

주사위

아주 가까운 곳으로 갔다.

허공에는 아무것도 없었지만
돌아오는 길은 더 비좁았다.

골목에서 마주친 우연과 행운은 언제나
본전을 위해서 미래를 말한다.

모든 길은 로마로 통한다는 듯이
로마에 가면
로마의 법을 따라야 한다는 듯이

과거를 찾아 어슬렁거리던 혁명이 정육면체의
마음으로 손목을 걸 때
줄리어스, 시저의 말랑말랑한 속내가
역사를 의심한다.

주사위를 던진 후 반작용은
어디로 가는가?

사라진 손목은 무엇을 쥐는가?

도박판에 끼어든 신에게도
중력의 일관성은 견딜 만했다.
로마인에게도
로마인이 아닌 사람에게도.

그러나 로마는 너무 쉽게 5번과 3번을 인정한다.

무수한 장치를 매달아둔
타짜를 모른 척
시간의 신념이 되어버린
허공을 두둔하면서.

안녕하세요, 쿠르베 씨*

수평선으로 감아놓은 실타래
해 질 무렵의 실낱을 풀어
종이컵을 매달면

파도
파도
지구 반대편에서 들려오는
쿠르베 씨의 안부

뼈에서 뼈로 전도되는 돌고래의 초음파가
섹시하게 여겨질 때
공휴일의 욕조 속 중립적인 물방울이
악취를 풍길 때

파도
파도
어감은 어떻게 직전이라는
해변을 거닐 수 있을까?

이념의 왼쪽과 오른쪽
한가한 기준점과 기준점 너머의 분주함 속에서
실타래를 뚝뚝 끊으며 전진하는
호화 여객선

파도
파도
쿠르베 씨가 상형문자의 객실을 연다
전라의 시니피에들이
주먹감자를 날리고
또 날리며

* 귀스타브 쿠르베의 회화 「만남」의 다른 제목.

버드배스birdbath*

새장을 떠나려는 이유를
속단하지 말자

새장 밖에도
유일한
오아시스가 있는지

이따금
물을 갈아주는
주름진 손등이 보이는지

손등의 주인을 알아본 사람들이
아직도
현생인류라고 불리는지

* 새의 목욕통.

신호등 아래서
—2016년 4월 16일 오후 3시 30분 연희삼거리

걸음을 멈춘 뒤에야
당신이 부딪쳤던 대기가 보였다
적고 또 적은 이름들이
새까만 옹벽을 이루고 있었다
손을 가져가자
매달려 운 흔적이 번졌다

많이 흩어졌다고, 근칭近稱이 늘었다고
무심코 내뱉은 일상이 못처럼 박혀 있었다
절망하는 일만큼
숨 쉬는 일도 직설은 아니었다

소망消忘의 과적 차량이 지나는 동안
우리의 침묵엔 몇 번의 급브레이크와
스키드마크가 남았던가
신호가 뒤바뀌는 합법적 평화마저
누군가에겐 목숨을 걸어야 하는 진실의 횡단

가야 한다 굉음을 뚫고서

온몸으로 매달려 거짓의 끝을 보아야 한다

사람들아, 사아람들아 부르면 되돌아보는
한낮의 낯 뜨거움 아래
최대치를 향해 가는 긴 그림자의 시간

가늘어진 모가지에도 당신이 소용했던 할 말이 걸
린다

검게 번진 슬픔 위로 별빛을 걸어두었다
녹색 불이 켜지는 동안
밤의 모퉁이를 돌고 있었다

육교 위에서

슬픔이 찾아오면 길을 건넌다
아이들이 지나간 계단을
조심스레 오른다

이곳에서 저곳으로
늘 앞서간 사랑을 모색했으나
미련 없이 달리는 이별의 속도는
추월의 순간까지 틈을 내주지 않았다

마침내 멈춰선 공중
한때는 나도 가위 바위 보를 하며 올랐던
짐승의 등허리
해가 뜨고 질 때마다 육중한 포효 대신
비둘기의 날갯짓을 내뱉는
기형의 스핑크스를 본다

온종일 쭈그리고 앉아
스스로 문답하는 청춘에게 짐승은
지나간 발소리를 들려준다

사랑은 몸에 새긴 행선지로 길을 잃는 것,
오래 멈춘 사람에겐
막다른 길에서만 그린 허공의 지도가 있다

비가 내리는 날
병아리를 사러왔던 아이들을 따라
부재하는 약속을 이야기한다

슬픔이 수수께끼가 되어 계단을 내려간다

4부

태양의 풍속

포스트post

    내 손에 샤론*이 있다. 샤론은 반으로 접힌다. 접힌다는 사실 때문에 샤론은 종이비행기가 된다. 일등석과 항로에 대한 고민이 샤론의 가능성을 부추긴다. 가능성은 어떤 신혼부부의 이름과 태어날 아이의 이름 사이에 놓인다. 아프리카나 알래스카에서도 샤론은 종이비행기였지만 더 많은 걸 실어 나른다. 이름을 부르면 공항에 마중 나온 샤론과 샤론이 아닌 사람 모두 뒤돌아본다. 샤론에게도 감정이 있고 국경을 넘어온 겨울비에 젖어든다. 곤죽이 된 종이비행기는 여전히 샤론이었으며 종이비행기를 사랑처럼 부르던 이들은 잔해를 뒤적인다. 블랙박스에 기록된 감정들과 별개로 샤론의 이목구비가 아스팔트를 닮아간다. 사랑은 평평하다는 것 모든 생존자가 떠나가던 날 샤론의 잔해 속에서 슬픔이 말라간다. 종이비행기가 되기에는 조금 작았지만 너덜너덜한 샤론은 여전히 내 손에 있다. 샤론을 접고 펴는 동안 허공에도 모서리가 접혔다. 투명해진 샤론이 정오의 햇살에 반짝거린다. 가능성 때문에 나는 갠지스 강가에 샤론을 걸어두었다.

    * '샤론'이라는 이름은 '곧다' '평평하다'는 뜻의 히브리어 '야샤르 yashar'에서 나온 것으로 추정됨.

태양의 풍속*

그림자가 묵묵히 말렸지만
달마는 걸음을 멈추지 않는다.

지구의 모든 방향은 앞사람의 것
빛의 속도로도 그를 추월할 수 없지.

북극의 빙하 위에서
히말라야의 최정상에서
저 멀리 사하라의 오아시스까지.

미지를 도모하던 발자국은
지구의 극한을 모두 돌아
비로소 타인의 속내로 들어선다.

푸른 하늘 은하수 하얀 쪽배를
한낮의 베갯잇 쪽으로 몰고 가면서,
각광과 스포트라이트를 받던 자부심을
무중력의 *토끼*처럼 띄워보면서.

펼쳐 든 타인의 지도가
의심 많은 산초 판사를 닮아가는 오후.
그러나 어둠이 깔리면
달마도 동쪽 길을 돌아와 울 것이다.

고장 난 풍차를 애인처럼 껴안고.
밤낮없이 몰아치던
서풍의 부속을 두근두근거리며,

* 김기림의 시집 제목.

자살한 인공위성*이 우리의 두 눈을
꽃잎으로 문지르고
─ 청년 화가 L을 위하여

조각난 거울 속 밤하늘

그 별빛 하나를 들어
혈관을 가른다

남은 수명을 꽃이라고 부르던 생애였다

　폐연료가 흘러나오는 아침을 맞으며 주저흔뿐인 꽃밭을 가꾸는 태양계, 어둠에서 빛으로 넘어가는 인공의 조각들 속에서 석양의 벚꽃**은 여전히 평화롭다

　진공의 입속에 넣으면
　한층 더 가볍고 유려해지던
　고독이라는 말
　당신이 누구든, 타인은 죽으면서 피어난다

　지난 계절의 꽃잎 하나가 갈라진 지구의 망막에 도착할 때, 눈물은 외계의 전파를 타고 흘러 수십억 광년 거

리마다 사람의 빈 곳을 상주로 세워놓는다 곡성도 없이
　　꽃의 장례가 머무는 잡음을 이승이라 부르던 몸짓들은
그들의 사랑이 유일한 생명체였음을 기억할까

　　대기권 밖 타인의 캡슐로 귀환하는 슬픔에도 꽃말이
따라붙는다 더러는
　　질긴 목숨이 간직해온 생활을 이야기하다
　　몽상가의 행운으로 타오르던 운명을 점치기도 했지만

　　해바라기의 비명碑銘은 누구를 기다리나
　　조각난 거울 속에는 그리지 못한 성주현星晝見이 떠
있고
　　태양을 삼킨 자만이 안다는 자화상이 걸린다

　　별자리 사이사이 금속성의 문장으로 찍힌 한 점, 중력
이 맞닿았던 자리마다
　　석양의 둘레를 살다 간 노고지리의 일생이 비리다

　　분신焚身하는 모든 영혼은 자신의 피조물을 보기 위해

뒷걸음질 친다

* 수명을 다한 인공위성을 껴안고 대기권에서 분신하는 비행체.
** 달맞이꽃.

미세먼지

누명을 쓴다는 것은 무중력의 감옥에 갇히는 일
나에겐 더 이상 감당할 무게가 없다

퇴화한 날갯죽지와 어감을 대신하던 바람
그들도 이곳에 오면 한 무리 비약으로 몰려다녀야 한다

혈안이 된 간수들이 몇 줄 문장을 훑어 눈물을 감시
할 때
나의 절규는
기표가 없는 슬픔보다 이물에 가깝다

낡은 서가에 가면 타인의 혀로 눈을 씻을 수 있을까

고해성사를 끝낸 책장에도 폭풍이 몰아친다
부재한 신의 기도企圖가 1,044$\mu g/m^3$의 농도로 폐부에
분다

블라디보스토크

그런 얼굴이 있다
오체투지 하는 표정보다
맨몸이 먼저 생각나는

초겨울의 눈동자와
늦봄의 윗입술
지난가을의 뾰족 귀와
도착하지 않은 여름의
콧노래

어디였을까?
조각난 사람이 나고 자란
최초의 질감은

피 한 방울 흘리지 않은 채
항구는 계절을 견디고
얼어붙은 행간을 지나는 쇄빙선을 기다린다

토막살해범을 태운

냉가슴 속 종이배

접힌 문장마다 매달린

환유의 선원들,

오비디우스

어린 아들이 변신 자동차 또봇을 가지고 놀다가
변신이 되지 않자
화를 낸다.

화는 아들의 무언가를 집어 던지고
무언가를 밟아버리고
무언가 억울한 것을 뒤바꾼다.

팔이 뽑힌 또봇을 어루만지면
어떤 아빠라도 수동적인 사람일 것이다.

'그러면 또봇이 아야 하잖아.'

로봇은 감각이 없고
자동차는 지각이 없다.
그래서 나보다 더 사람처럼 말할 수 있다.

'화가 변했어.'

아들은 아직도 변신을 서투르게 발음한다.
병신과는 다른 소리였지만
팔다리 하나쯤은 늘 뽑혀 있다.

어제 쓴 원고 속에서도
화는 가진 게 많다.

시간의 모든 대사를 자기가 대신 만진다.

말풍선

노아의 방주보다 크고 웅장하게
몸집을 부풀리는 중이다.

단짝을 찾아 높아지는 말.

바벨입니까?
풍선이오. 그러니 못이 되는 말은 삼가세요.

만화 속 주인공은
나날이 악당을 발전시키고
그가 가진 초능력으로도 어쩔 수 없는
불안에 매달린다.

독자의 환호 속에서
쉭—
김빠지는 소리가 들릴 때

마구마구 내던져지는 모래주머니와
모래를 따라온 해변과

까마득한 영웅들의
유머 감각.

그러나 어떤 입단속에도 불구하고
막지 못한 착각 하나,
언제나 분실물 하나쯤 섞여 올 수 있다는 것.

추락하는 열기구에서 슈퍼맨은 화장실이 급했다.

옛날 옛적
바지 위에 속옷을 걸치던 시절처럼,
말하기 위해 처음 올라탄
노아의 방주가 그랬던 것처럼.

미셔너리 포지션missionary position

낡은 엘피판에 무슨 마법의 세계가 있다고

비포장 트랙이 있고 흙먼지의 지붕마다 색색의 단풍이
물들고 이따금
포드의 초콜릿색 픽업트럭에선 슈가랜드의 컨트리 송

"그 차의 운전사는 선교사가 분명해
오직 정상위로만 아들 셋을 두었다는군"

양옆에 빈자리가 있을 때면 꼭
오른쪽으로 사람이 다가와 앉는다

마그네틱필드를 킬링필드처럼 말하는 사람
대륙붕을 통과하는 호화 유람선처럼
악몽을 꾸는 사람

엘피판 위 일방통행로에서 만나는 이데올로그의 강렬
한 눈빛,

요철을 긁는 다이아몬드나 루비 조각의 마찰을 듣기 위해 우리는

구덩이를 파고 엘피판 어디쯤 들려오는

판Pan 신의 파이프를 떠올린다

당나귀 귀, 오 나의 당나귀 귀

산양과의 성행위에 몰두한 그가 보일 때

왕관 위로 삐져나온 형벌이 성기처럼 보일 때

투명한 팁 박스 속으로 마지막 지폐 대신 껌 종이를 구겨 넣는 엘피 바의 손님들

그런데 신이시여, 음악은 어디 있습니까?

심판받은 자들의 비문증으로 진공관이 점등을 유희 중이다

마블링

거스를 수 있는 신체는 없다

오해는 낡았다는 말처럼 오래간다

밀로의 비너스도 허기를 느낄까?
새까맣게 타버린 화롯가에서
욕설을 내뱉을까?

모든 가능성이 가능성의 굴레가 될 때
믿고 싶은 것들이 스스로 이어질 때

우리는 작아진다
자른 단면 속에서 점과 선으로 흩어진다
이성의 단백질 사이사이에서

마침내 나는 천사
미각의 신을 모시는 전령
먹고사는 순간의 1등급 전문가

턱선

서로 다른 골격을 가진 해안선
허술한 두개골을 받치고 있던 두 손

썰물이 두고 간 파도 소리에 기대고 있어

낯선 백사장을 따라 몇 바퀴
귓바퀴를 돌아보면
원점과 중심이 서로를 멀리하지

푸른 말들이 쏟아내는 거품 속에서
뒤틀린 혀의 관절을 상상해

구명조끼 같은 입술을 붙들고 표류하는
삐걱거리는
침묵은 아직 스스로 가라앉는 법을 모른다

너의 해안가, 허공의 난파선 한 척
커튼을 열고 흘러내린 그곳엔

가슴 밑바닥까지 이어진 물길이 열리죠
몸통 없는 지느러미만 파닥거리죠

또 다른 갯벌이 깊어지는 입맞춤,
새하얀 방파제로 버텨온 이빨 시려와

숲길

검은 구두나 하얀 구두
얼룩 구두를 신고 다니는

이곳은 당신의 취향인가요?

검은색 그림자를 매달고
태초의 컬러가 그리워, 그리워
홀로 순수해지던 말투는

당신의 산책로인가요?

이데아는 흑백이란 사실을 까맣게 잊어버리고 우리는
지름길을 찾아 입을 벌린다
휩쓸고 간 산불을 추억하면서
추운 새벽의 조난을 떠올리면서

오른손과 왼발
왼손과 오른발

우두커니 여우비를 맞는 산새와 들짐승의 일상으로
발 없는 말들의 윤곽선을 따라나설 때

우리는 투쟁하듯 나아간다 엉금엉금
경계를 넘어간 두 손에
싸구려 큐빅 반지를 끼워둔 채로

고마워 사랑해
사랑해 고마워

길들은 저마다 뿔뿔이 흩어져 있지만 같은 숲속에 있다

반짝이는 것들의 몸통을 상상하는 허공 어디쯤
혀끝이 멈춘 낯선 표지판 위로
또 다른 표지판을 못 박는 구조 대원의 땀방울처럼

운무의 속살은 어떤 미각에 놓이는 건가요?

빨주노초파남보, 고대의 발목 하나를 허락해주면 좋

겠다

　당신의 원시림 속으로 들어갈 수 있도록
　방황이 무색해지도록

이상견빙지履霜堅氷至

> 서리를 밟거든 여름이 올 것을 각오하라.
> ──『주역周易』

작은 화분 주위에 서리가 내리면
누군가의 발자국도 마당에 갇힌다 이따금 그곳은
고성古城이 되고
봄의 궁전에 마련된 여름의 특설 무대 같은 것

작은 화분 속으로 물이 스며드는 동안
수면 위로 교향곡의 선율이 비쳤다, 사라졌다
꽃담배와 함께 듣는 클래식은 조금 볼륨이 높았으므로
나는
지명 수배자의 애인처럼 사연을 말한다

숲은 보라색
보라색은 너의 루비
숲은 보호색
보호색은 너의 이름

광고 없는 클래식 방송에서 기침이 들릴 때
얼어붙은 발자국이 누구의 뿌리인지 알 수 없을 때

사고事故는 배역이 없는 배후들과 연기한

극중극 같은 것

꽃담배로 꿈꾸던 매운 연기를 피해

애인은 창문이 필요하다고 했다 청량한 공기와 햇살

서리가 드나들던 탈옥의 크기만큼

정말로 줄넘기를 꺼내면 뿌리가 움직일지도 모르지

그대가 있어 외롭지 않다*던 지명 수배자

식물에게 운동이 필요하다고 생각했던 건

「한여름 밤의 꿈」**을 청취한 다음의 일이었다

* 꽃담배의 꽃말.
** 멘델스존.

우각 雨脚

빗줄기는 뒷골목 같아
하늘로 올라가는 순간순간의 뒷골목

눈물을 타고 올라가서 얼굴들을 보았지
살자고, 무심해지지 말자고

그 환한 어귀에 모여 귀신들이 논다 놀고 있다

비가 오면
축구공이 담장을 넘어올지도 몰라
담장 안쪽을 완전히 잊어버리면

젖은 백구 한 마리가 물어뜯던 운동화를 내려놓는다
길 잃은 쌍무지개를 꼬옥 붙든다

누군가의 사랑에 실례를 해본 적이 있나요?

발정기에 찾아온 서글픔처럼 우리는
한쪽 다리를 바짝 치켜들고

운동화의 주인이 천천히 말라갈 때까지

지구

달력에 적힌 메모에는 동사가 없었다

방사선 동위원소로 측정한 가족의 생년월일

태초의 식탁이 서로의 오차 범위 내에서 붕괴 중이다

입속의 검은 잎
—고스트 라이터, 그리고 기형도 시인에게

1
한 사내가 유리벽을 친다.
이내 주먹이 부풀고
살점이 찢겨 나갔지만
고통을 움켜쥔 손은 멈출 줄 모른다.

하나둘 사람이 모여들자
유리벽에 비친 얼굴들이
한 사내의 정신과 한 사내의 실연과
한 사내의 으깨진 신념 따위를
수런거린다.

쿵쿵, 유리벽에 비친 얼굴들은 한 사내의 주먹에
외마디 비명도 지르지 못한 채
애써 할 말의 너머를 바라본다.
고요한 물잔 속
잃어버린 통점이라도 찾으려는 듯이,
처음 주먹을 쥐었던
투명한 자궁을 훔쳐본 것처럼.

나는 기형도가 아니었지만,
기형도의 무한함을 헤아리곤 한다.

유리벽 너머엔 순순히 유리벽이 서 있고
또 다른 한 사내가 주먹을 짓이긴다.
무표정한 얼굴들은
한없이 투명에 가까운 블루*의 색감으로
경화수월鏡花水月이 되어 메말라간다.

누군가 한 사내를 위해 두 손을 모았으나
쿵쿵, 둔탁한 울림은 심박동의 은유가 아니었다.

가장자리만 남은 말의 타악기,
그 짧은 삶의 파장으로
두꺼운 유리벽에도 금이 간다.

마침내 뜨거운 핏물이 스며들 때
한 사내는 얼굴들 위로 그려진

붉은색 지도 한 장을 받아 든다.

태초의 아담이 주먹을 휘둘렀던 곳
저마다의 몸속에 매장되어
죽어서야 꺼내볼 수 있었던 고통의
축척도縮尺圖 속에서

한 사내는 두고 온 맥락을 찾는 중이다.

그렇게도 많은 자서自序들이
되돌릴 수 없는 시간을 우는 동안
지도 밖 묘령의 상처들은 고백 없이 아물고 있다.

나는 기형도의 성씨를 물려받지 않았음에도 거의
기형도에 가까운 것들만을 빼앗긴다.

이를테면 그것은 핏방울을 뒤따르는 눈먼 자의 여정이
거나
자신의 내부에서 길 잃은 자의 소회

서로에게 장막이 있다고 믿는 투명함 사이로
문채文彩라고 불린 한 사내가 떠나간다.

안개와 어둠, 늙은 개에 대한 사랑조차
백지 위에선 주먹을 쥔다.

쿵쿵, 현실의 살에 박힌 허구가
또 다른 피를 흘리고
펜을 쥔 주먹 속 대기는 죽음을 묶는 노끈처럼
풀려나간다.

한 사내는 기적을 믿지 않는다 했지만 믿음은 애써 죽음에 대한 필명이었다.

손이 닿아야 태어날 수 있다면 귀신은 스스로를 만질 것이다.

2
이 건축에서 당신을 보았습니다

안개의 도시에서 유일하게 비상 조명이 설치되지 않은
벽면 속
  불량한 골재가 기억의 철근을 부식시키고
  붉은 녹물이 핏자국처럼 배어 나오는

  그래서 누군가 앉아서 눈물을 흘리고 있다면
  필시 주저흔을 남기는 것이 아닐까 뒤돌아봄 직한
  금지된 석면이 부스러기를 떨구고 있는

이 건축에서 당신을 만났습니다

  화월만당花月滿堂 한 폭의 족자가 걸린 방에서
  나를 정복한 당신은 나의 노예가 되길 원했습니다
  내 희망의 내용은 옛날 옛적 호랑이 담배 피우던 시절
의 이야기
  당신의 작가는 동화를 쓴 적이 없었습니다만 옛날 옛

적 이빨 없는 악마의 입에 든

희고 고운 손가락을 가졌습니다

그의 손가락을 빠져나온 반지가

찢어진 금연 스티커가 붙어 있는 환기구 뒤편으로 굴러갑니다

그러면 어떤 은밀한 대화도 엿들을 수 있는 사랑이 분주해집니다

유일하게 산 사람을 위한 건축이 아닌 고지식한 건축학자들의 변증법적 해석의 욕망을 부추기는

창과 문이 없는 방

먼 지방

먼지의 방에서

당신은 권선징악적 첫날밤을 보낼 수 있습니까?

어쩌면 이 건축은 프랑스식 벽돌쌓기 공법으로 지어진 식민지 시대의 것일지도 모릅니다

증축과 개축을 반복하는 동안 당신의 청춘은

곳곳이 파인 대리석 층계참이나 낙서 가득한 담벼락이

되어가고 나는

식민지 조선의 아름다움에 매료된 서양인 화가의 눈
처럼

매 순간의 삶을 이미지가 선점하도록 내버려둡니다

도도한 취향의 눈금자로 호출되는 불법 점유물들은 투
탕카멘의 저주 대신

우리 모두를 침입자로 만드는 중입니다

어제는 문화재 관리 부서의 신임 공무원이 유성기 음
반을 취입했던 늙은 여가수를 내쫓기 위해 다녀갔습니다

늙은 여가수의 음반 속에는 바람 소리만이 남아 있습
니다

뒷모습으로 버텨온 바람은 마지막 대사에 찍은 마침표
보다도 가볍습니다

구덩이로 남은 유년의 지층이 아스팔트 위로 나뭇가지
를 꿈꾸고

그 잎사귀를 흔들면서

바람은 처녀지處女地가 되어갑니다

하지만 이 건축에서 노래할 수 있는 건 늙은 여가수뿐
입니다 점점 더 실천할 수 있는 대사보다 부정할 수 없는
지문地文이 확고해집니다

　안개의 도시에서 당신은 아프지 않을 만큼 투명한 유
리창과 한없이
　온전한 그림자들로 내심을 채우고 있습니다
　이따금 풍문으로 남은 핏자국들이 있지도 않은 숨을
헐떡거리며
　첫발을 내딛습니다
　이 건축에 오면 모두가 육신을 지니고 육신이 건널 수
있는 최대치의
　이별을 향해 갑니다

　지상의 고독을 철거하기 위해 쥐 오줌으로 얼룩진 천
장을 부순 이들도 있었습니다
　간신히 손전등 불빛을 틈새로 밀어 넣었을 때
　이별은 커다란 가체를 쓰고서 그 무게에 짓눌려
　큰절을 하듯 엎드려 있었습니다

살점 없는 두개골이 바닥을 치는 소리가 들리고
이내 재가 되어 삭아 내렸습니다
나풀거리던 색동저고리는 한 세기가 들어왔다 빠져나
간 폐허를
감싸고 있습니다
폐허의 이름은 슬픔이 되었다가 눈물이 되었다가 마
침내
검은 입이 되었습니다

실패한 혁명의 자리마다 검은 입이 다시 이 건축을 쌓
아 올리고 있습니다
타인의 입속으로 들어와 두 눈으로 비춰지는 이 건축을
사람들은 빈집이라고 불렀습니다 극장이라고 불렀습
니다 그날이라고 불렀습니다 그 집이라고 불렀습니다

어쩌면 이 건축은 프랑스식 벽돌쌓기 공법으로 지어진
식민지 시대의 것이 아닐지도 모르겠습니다

나는 오늘도 이 건축에서 당신을 보았고 이 건축에서

당신을 만났습니다

그리고 내 입속에는

당신이 지은 말의 절 한 채가 들어와 있습니다

말의 절에 가면 소리 나는 모든 허물어짐을 말하고 싶어집니다

아무도 허물어지지 않았는데

허물어졌다고 말하는 건 어려운 질투입니다

당신은 그것을 힘이라고 고백했지만 나는 잘못 쌓아올린 벽돌이라고 대답했습니다

부끄럽게도 나는 당신에 대해서도 벽돌에 대해서도

아는 것이 없습니다

어느새 담쟁이넝쿨이 벽돌을 집어 삼키고 있습니다

무시무시한 넝쿨의 식욕이 간판을 바꿔 달고 해석을 기다립니다

건축에 대한 해석은 식물을 닮았습니다

내가 부끄러움을 알면서 도망가지 않는 건 식물에 대한 예의입니다

어째서 건축주에겐 천국이 없습니까?
어째서 건축주에겐 유배지가 없습니까?

이 건축에선 소리 나는 모든 것이 아름답습니다
나는 변명거릴 찾기 위해 매번 소리 내어 입을 닫습
니다

그래요 처음부터 그건 바람에 흔들리던 잎이었나 봅
니다

* 무라카미 류의 소설 제목.

고급 독자
― 고스트 라이터, 그리고 평론가에게

1

우편 봉투를 버리기 전에
주소를 오린다
보내는 분은 놔두고 받으시는 분만

2

차곡차곡
24제곱센티미터의 일정한 부채라면
타로 카드처럼 점을 칠 수 있습니다
고스톱이나 섰다를 해도 무방하지만
게임의 룰은
인격체라는 사실에 근거합니다
비장의 카드는 꼭 딱지를 만드세요
당신은 아직
제삼자의 동의를 받지 않았습니다

3

때로는 뜯지 않은 우편물을 버리기도 한다
아는 분은 놔두고 모르시는 분만

서로 다른 주소가 동거하기까지
몇 번의 입술을 거쳐 왔을까?

로베르 에스까르삐 선생님께

교편을 잡은 선생이 너무
사디스틱하게 느껴질 때가 있다
주소를 들고 찾을 수 있는 건
독자라는 문틈의 새끼발가락뿐

4

지번이 없는 동네에 살고 계시군요
우편 봉투 위 거리를
한생으로 걸어왔습니다

필요한 만큼의 어휘와 숫자는

남겨두고 가겠습니다

── 이 시집은 당신의 동네에서 분리배출 해주시길 바

랍니다

권태의 고고학

― 희망을 기억하는 기술

함돈균
(문학평론가)

권태, 휘발된 빛

벤야민이 끝내 생전에 출판하지 못했던 한 원고 뭉치는, 오늘날 우리가 보고 있는 형태의 도시가 나타날 무렵의 사물들이 파편적으로 기워져 있는 몽타주다. 개별적으로 존재했던 사물들이 미완성으로나마 하나의 원고로 묶였을 때, 그것은 일정한 서사를 암시하며 작가가 살던 시대의 윤곽을 그려낸다. 그가 모은 것은 사물 자체가 아니라 사물들의 그림자다. 그의 메모에서 사물은 어떤 파편성으로 드러나는 순간적 이미지였으며 고대의 유물처럼 보였다. 상품으로 추락한 사물들로 조합된 당대 문명의 진보에 회의적이었던 그에게, 이 시대는 사물들의 친밀감이 사라진 세계였으며 역사는 고대의 폐허처럼 보였다. 그는 도시의 갖가지 유행 아이콘에서 권태를 본다. 새로운 것은 아무것도 없으며, 기대할 것도 없다. 아니, 주체가 자신이 무엇을 기대해야 하는지조차 모를 때 권태가 나타난다. 시선 이입을 하곤 했던 보들레르의 관찰을 관통하면서, 이 영감의 철학자는 도시 여성의 옷에서 시체, 낡은 것에 대한 사디즘이 영원회귀하는 모습을 본다. 상품이 된 사물들은 그것이 본래 무엇이었는지 자신의 기억을 잃어버린 채 의미가 공동화되고 추상화된다. 벤야민은 현대의 세속적 신화를 벗겨버리고, 사물들의 잃어버린 순간을 포착하는 이미지의 변증법을 역사가와 비평가의 과제로 제시했다.

이런 관점에서 보자면 권태는 사물들의 신비가 사라진 현대의 폐허와 관련된 기분이지만, 권태에 대한 '능동적 감각'은 역설적인 차원에서 역사의 새로운 가능성을 계시한다. '감각'은 그저 빠져 있는 '기분'과는 달리, 주체를 둘러싼 개별적 사물들로부터 물러나 그것들로 구성된 풍경을 전체적으로 살피면서 지금 여기 무엇이 빠져나갔는지를 질문하는 비평적 감각이다. 권태에 대한 '감각'은 기분으로 드러나는 현재의 잔해가 태곳적 빛나는 기억과의 격차에서 빚어지는 소외의 결과임을 감지한다. 여기에는 무언가 증발되어 있다. 사물의 근거를 이

루던 것의 망실, 기억의 망각, 세계 내에 빛나던 얼의 증발, 권태는 그 망실이 기분으로 나타나는 메마름의 현상학이다.

기혁의 시집에서 세계는 똬리를 틀고 있다. 현재는 까마득한 태고와 연결되고, 일상의 집은 황량한 인도 어느 사막으로 이어지며, 사물 세계는 유물들의 전시관이 된다. 전 지구적으로 뻗은 문명론적 촉수는 또 다른 장소와 시간과 사물을 지시하며 존재 연관을 맺고 있다. 그러나 불행하게도 이 연관에서 존재들은 서로 조응하지 못한다. 스스로 빛나지 못하므로 서로를 생생하게 비추지도 못하는 것이다. 타버린 도시의 폐허에 남은 그을음처럼, 세계는 지금 여기가 유일한 시간이 아님을 다만 암시하고 있을 뿐이다. 지금 여기는 지나간 시간의 잔해다.

미라, 썩지 않는 몸

이곳은 모래 위에 지어진 집이지만, 방바닥에 스카치테이프를 붙이면 약간의 현실이 묻어 나온다. 배달 음식을 시켜 먹을 수도 있고 불어터진 면발을 드미는 배달원에게 주소의 허구성과 결제의 진정성에 대해 물을 수도 있다. 머리카락을 건지며 국물의 양심에 대해 투덜거리던 친구,

고데기로 말 수 있는 내용이 생각보다 짧다는 애인을 만날 수도 있다. 애인을 사랑한다면 약속은 지켜지는 것이 아니라 말려드는 것이라는 생각. 이곳은 모래 위에 지어진 집이지만, 그릇을 내다 놓으면 정오의 부재를 담을 수도 있고 쌓여가는 부재를 내려다보며 유년의 담배 연기를 입에 담을 수도 있다. 한 마리 사막여우가 지나간다면 연기는 약간의 현실보다 수다스러울 것. 일요일의 앞마당을 파면 사람이나 들짐승의 머리뼈를 볼 수도 있다. 해골에서 전갈이 나올까 봐 불안하지만, 해골과 전갈 중에 어느 것이 더 무서운지 내 머리는 알지 못한다. TV 속 미라가 자신의 머리카락에 휘감겨 있고 나는 백 년 뒤 자랄 머리카락을 기르고 있다. 입술을 통과하지 못한 말들이 두피를 꿰뚫는 밤이면 누군가의 현실도 검고 구불거린다. 이곳은 모래 위에 지어진 집이지만, 모래가 다 흘러내린 2분 57초마다 뒤집어진다. 당신과 나의 기다림이 처음 천장을 만들었을 때 유리관을 왕복하는 모래가 보였다. 사막여우는 길들이는 것보다 발달시키는 편이 낫다. 나처럼 아무도 썩지 않은 당신이 사상누각으로 서 있다.

　　　　　　　　　　　　　　　　　　　——「소피아 로렌의 시간」 전문

"방바닥"으로 표현되는 삶은 "스카치테이프를 붙이면" 묻어 나오는 지리멸렬함의 이미지로 드러난다. "주소의 허구성"을 되묻거나 "결제의 진정성"을 따지는 배달원과의 실랑이나 고데기 운운하는 애인과의 대화는 말이 존재하는 생기가 빠져나간 세계를 보여준다. '커뮤니케이션'은 없다. 삶은 그 진정한 가능성이 증발된 채 말라붙은 '생활'의 영역으로 추락해 있다. 형이상학 없는 형이하학의 세계란 근거가 없는 지면, 심연이 없는 표면과 다르지 않다. "모래 위에 지어진 집"이란 그런 뜻이다. 이 시집의 첫 시에 등장하는 "모래 위에 지어진 집"은 동시에 이 시집 전체의 이미지가 되기도 한다. "정오의 부재" "쌓여가는 부재"가 이 집의 현재다. "TV 속 미라"와 지금 여기 "방바닥" 위 "백 년 뒤 자랄 머리카락을 기르고 있"는 나는 이 부재 안에서 서로 시간과 육체를 공유한다. 그러나 이 시간의 연속성은 시간의 깊이를 확보해낸 충만한 삶이 아니라, 다만 생활의 지리멸렬함과 빛나는 것의 부재를 환기함으로써 세계 도처에 똬리를 틀고 있는 공허를 보여줄 뿐이다. 이 공허를 존재의 '권태'라고 바꿔 말해도 좋지 않을까.

이 시집의 표제작이 말하는 '소피아 로렌의 시간'이란 권태의 시간이다. 권태의 특징은 무탈이다. '별일' 없는 무탈. 아무 일도 일어나지 않는다. 표면의 평화, 무사건, 그러므로 시간은 분절되지도 생산되지도 않는다. 삶은 경계도 없고, 표지도 없이 펼쳐진 사막처럼 무미건조하다. 가장 놀라운 것은 이런 시간에는 '죽을 수 있는' 가능성조차 사라진다는 사실이다. 생명 있는 존재에게 죽음이란 생명의 또 다른 측면이다. 죽음이라는 유한성에 대한 자각이 한정된 생명을 생명답게 살게 한다. 권태의 현상학은 그러므로 시간성의 부재와 관련되어 있다. 기분의 무미건조함은 유한성에 대한 무감각과 만난다. 이 무감함은 유한한 존재의 얼을 영원의 층위로 상승시키는 형이상학이 아니라, 형이하학의 영원성을 강화하는 불감증이다.

머리카락이 그대로 남아 있는 소하공주 미라를 지칭하는 '소피아 로렌'이 담고 있는 함의는 무엇인가. 그것은 "나처럼 아무도 썩지 않은 당신이 사상누각으로 서 있"는 형상이 아닌가. 미라는 현재의 몸뚱이 속에 과거를 담고 있되, 우리가 거기서 보는 것은 생명의 얼이 아니다. 썩지 않은, 그러므로 엄밀한 생물학적 죽음을 완료하지 못한 그 잔해는 죽음의 가능성조차 철저히 탕진하지 못하는 몸이다. 구현되지 못한, 완료하지 못한 유한성의 감각은 형이상학이 깃들지 못한 무시간성의 육체를 암시한다. 표제작 「소피아 로렌의 시간」뿐만 아니라 기혁의 시집 전반에서 무시간성의 육체는 형이상학이 증발한 생활의 사막에 대한 메타포다. 애인과의 사랑이 약속의 실천이나 결단이 되지 못하는 수동성을 상징하고, 기다림이 "유리관을 왕복하는 모래"에 불과한 것이 될 때, 그 무미건조한 생활 세계를 사건 없는 세계, 권태의 세계라 하지 않는다면 무어라 할 것인가.

돼지 뼈의 일부를 감자라고 생각하며
감자탕을 먹는다.

서대문구에나 강남구에나 한결같던
불광동 감자탕집.

오해가 있는 식구와 나는
국물과 살코기에 대해 이야기한다.
무언가
뻑뻑해지지 않도록.

30년 원조가 24시간 장사를 해왔다면
냄비 속 감자는
식물도 동물도 아닌
혈육이지 않을까?

옆 테이블에서
감자탕 맛이 변했다고 중얼거린다,
미각과 연륜은 반비례하지만
그것과 무관하게
감자의 속뜻은 어딘가에 감춰져 있다.

오해는 말 대신 수북하게 뼛조각을 쌓고
뼛조각에는 더 이상 감자가 없다.
어떤 비밀도 없다는 듯이.

따지 못한 소주를 물리며
우리는 밥을 만다.
아주 똑같은 자세로.

동시에 일어서서 흩어지기 위하여.

—「생일」 전문

'생일'은 '살아 있음'에 대한 감각을 낳은 날이고, 그 안에서 존재는 각자의 개별성을 갖게 되지만, 이 시에서처럼 그날은 시시하고 식상한 생활 세계 중 하루일 뿐이다. "서대문구에나 강남구에나 한결같던" 감자탕집은 "아주 똑같은 자세로" 밥을 마는 풍경으로 요약된다. 아주 똑같은 그 자세야말로 개별성을 무화하고, 시간성을 무화하면서, 살아 있는 사건의 생기가 사라졌음을 보여주는, 바로 권태의 자세다. 화자에게 권태는 곧 생활 세계다.

돼지 뼈를 감자라고 하든지, 감자를 돼지 뼈라고 하든지, 또는 냄비 속 감자를 '혈육'이라고 하든지 간에, 이 상황은 한때 살아 움직이던 어떤 것이 인간의 식어버린 음식이 된 현장을 보여준다. 문제는 돼지가 감자탕이 되었다는 것이 아니라, 그걸 먹는 인간에게 동물의 몸이 더 이상 어떤 제의 음식이나 감사의 음식도 되지 못하며, 심지어는 음식이 가족을 유대로 매개하는 역할조차 못 한다는 사실이다. "옆 테이블에서/감자탕 맛이 변했다고 중얼거"리지만, 진정 변한 것은 감자탕 맛이 아니라 식어버린 생활인의 열정일지도 모른다. 먹는 행위는 노동을 위한 내일의 비축도 아니고, 성스러운 제의도 아니며, 추수감사절의 나눔은 더더욱 아니다. 다만 일상의 지리멸렬을 드러내는 오브제일 뿐이다. 다른 존재가 내 몸에 들어와 육화되고, 또 다른 존재의 살과 뼈가 되는 우주적 순환의 원리는 여기에 없다. 오직 "동시에 일어서서 흩어지기 위하여" 사는 일상인들에게 이 뼛조각은, 그러므로 온전히 죽지도 못한 미라처럼 무의미하고 "빽빽"하다. 실은 이 풍경 전체에 물기가 없다고 해야 할 것이다. 풍경을 구성하는 모든 요소들 가운데 그 어떤 것도 관계의 참된 맥락을 형성하지 못하는 무의미성은, 이 풍경 전체를 생생한 시간이 아니라, 무성영화의 스크린처럼 흐릿한 것으로 만든다. "동시에 일어서서 흩어지기 위하여" 사는 '별일 없는' 일상에는 앞으로도 아무런 사건이 일어나지 않을 것이다. "아주 똑같은 자세로" '사는 날(생일)'은 반복되고 지속될 것이다.

동거인의 식탁, 산송장

독일 여자가 나를 사랑한다

나는 독일에 가본 적이 없고, 독일 여자는 독일을 잘 모른다.

모른다는 가능성은 사랑과 무관한 일이지만

독일은 언제나 가책을 느낀다.

어떻게 처음 떠올린 사람에게 그런 억양을 주었을까?

독일 여자가 사랑하는 나는 가능한 한 독일에 가까운 일들을 생각한다.

라이카 카메라와 전차 군단과 맥주, 그리고 독일 마을

독일 여자가 사랑하는 나는 점점 더 관광지가 되어간다.

관광지에 가면 평화로운 자세를 요구하는 폐허가 있고

—「루프트한자Lufthansa」 부분

이 시에서 사랑의 관계는 세상의 풍경이자 화자의 기분을 드러내는 메타포다. 마치 이상의 작품에서 아내와 '나'가 절름발이 세상의 메타포였던 것처럼. 나를 사랑하는 그녀는 그녀 자신의 존재 기반을 모른다. 나는 그녀를 이루는 존재 근거를 알고 싶어 하지만, 그녀 자신이 제 근거를 알지 못하고, 아니 제 근거 자체에 무관심하므로, 그녀는 내게 닿을 수 없는 모르는 것이 된다. 그러나 비극은 그녀가 수수께끼가 된다는 불가지론적 상황에 있지 않다. 차라리 불가지론은 신비를 생산할 수도 있기 때문이다. 문제는 내가 추측하는 그녀의 바탕이 마치 "관광지"의 그것처럼 피상화되고 상투적인 것으로밖에 연상되지 않는다는 사실이다. 친밀하고 은밀한 것이 되어야 하는 사랑의 관계는 키치적인 것으로서만 가능하다. 서로 심연을 나누지 못하는 관계, 심연이 존재하지 않는 관계, 그것은 본질적으로는 그 자신이 심연이 없는 존재라는 지점에서 비롯되는 문제다.

그러므로 '독일 여자'와의 관계는 '공기 동맹'이란 뜻의 '루프트한자'처럼 공허하고 실체 없는 것이 된다. "사랑하는 나에게 아무런 가이드도 하지 못"하는 시간이란, 결국 '사랑'이라는 이름의 무엇조차 특별한 사건이 되지 못하는 시간이다. 이 사랑에서 수수께끼는 존재에 닿지 못하는 수수께끼가 아니라, 사물 세계에 닿을 수 있는 형이상학 자체가 증발되었다는 데에서 온다. 심연의 신

비가 휘발된 세계. 권태는 때로 수수께끼의 형태로 휘발
된 그 자리에 무언가가 있었다는 잔상을 암시하며 나타
나기도 한다.

떠돌이 약장수가 부리는 차력사들이
프레임을 부순다
초당 스물네 장의 부적을 팔면서

가짜 영지버섯을 주워 먹은 아이는
아버지의 멱살을 잡고
유대인이나 말갈족의 표정을 짓는다

오늘의 상영작은 「산송장」
나도 지나간 날에는 배우를 꿈꾸고 살던 때가 있었단다

수프를 보고 기뻐하는 연기와
태양을 보고 기뻐하는 연기 사이에서

스스로 목젖이 돋아버린 네거티브 필름 한 롤
어째서 사랑조차 내게 오면 일용할 양식이 되고 마는가
아이의 눈동자 속 살아 있는
송장을 찾으러 온 차력사가 분주하다
—「몽타주」부분

시집은 다양한 기억들을 소환한다. 이 시집 전체가 '몽타주'라고 할 만한데, 그 기억들에는 몇 가지 주목할 만한 공통점이 있다. 시집 속 몽타주들은 "떠돌이 약장수" "가짜 영지버섯"이 환기하는 삶의 허위성과 관련이 많다. 이 허위는 역시 삶의 수수께끼를 불가지론적으로 회의하는 비판적 시선이라기보다는, 생명의 얼이 빠져나간 존재의 상투성이나 피상성의 생활 세계와 관련된다. "나도 지나간 날에는 배우를 꿈꾸고 살던 때가 있었"다는 회상이 이를 뒷받침하고 있다. "태양을 보고 기뻐하"던 이가 이제는 "수프를 보고 기뻐하는"으로 전락한 세계, 그것이 바로 기혁 시집의 생활 세계다. "사랑조차 내게 오면 일용할 양식이 되고 마는" 세계에 사는 존재가 "산송장"이 아니면 무어란 말인가. "산송장"이란 살아 돌아다니는 시체이기도 하지만, 죽음의 가능성조차도 온전히 구현하지 못한 시체이기도 하다. 이 이미지는 썩지 못하는 미라, 모래 위 집에 사는 허구적 삶, '소피아 로렌'의 시간과도 통한다. 시집은 이 허구의 삶이 '수프'를 먹기 위해 사랑도 '양식'으로 바꿔버리는 생활 세계의 대가라고 말한다.

  이 시집에서 성性이 제의 없는 쾌락, 포르노그래피 이미지로 연상되는 것은 그래서 자연스럽다.

이곳에서 너는 사적인 공간이야. 나의 이빨과 혓바닥이 머물다 간 싸구려 호텔이야. 식욕과 성욕이 동시에 교차하는 혼숙을 허락하는 거실이야. 붉은색 하드커버를 가진 너는 포르노그래피를 떠올리게 하지. 가장 은밀한 부위에는 신화를 숨기고 있어. 그곳으로부터 나는 고전적 성교 양식을 학습해.

[……]

그러나 신앙을 가질 수 없는 그는 숭배의 대상이 아닙니다. 고해성사는 오직 벌레들에게만 허락된 특권입니다. 아무도 그와 같은 사과를 주고받는다는 사실을 인정하지 않습니다. 그는 사과를 모릅니다. 그는 식탁에 둘러앉은 동거인입니다. 사과를 건네는 교양에 대해 고민하지 않습니다. 그는 반으로 쪼개집니다. 그 속에 독이 든 사과의 원죄가 열리고 있습니다.

——「네번째 사과」 부분

'사과'는 신화적인 사물이다. 아담과 이브의 사과도 그랬고 아프로디테의 사과도 그랬다. 눈여겨볼 것은 사과의 신화가 아니라, 사과가 신화가 되는 과정에서 발생하는 수행적 현상학이다.

이브의 사과가 원죄를 낳았다고 하지만, 정확히 말하

면 여기서 낳은 것은 원죄라기보다는 원죄의식이다. 죄가 먼저 있었다기보다는, 행위를 감행함으로써 금기 너머가 있다는 죄의식을 갖게 된다. 이 죄의식은 묘하게도 '너머'에 대한 인식을 발생시킴으로써 은밀성의 형이상학을 낳는다. 성경은 사과를 '선악과'라고 말하고 있지만, 인식의 현상학에서 보자면 본래 선악이 먼저 존재하는 것이 아니라, 사과를 따 먹는 순간 선악에 대한 인식 행위가 결과적으로 발생한다. 그 분별력으로 발생한 '부끄러움'을 느끼는 의식은, 성을 은밀성의 영역, 형이상학적인 것으로 상승시킨다. 인류 최초의 결혼식장에서 파리스가 건네 준 사과를 받은 주인공은 사랑과 미의 여신 아프로디테였다. 흥미롭게도 여신은 사과를 건네는 인간의 행위에 의해 비로소 미의 여신으로 공인받는다. 사과는 여기에서도 수행적 사건이다. 사과 이전에 미의 여신이 존재했다기보다는, 사과라는 사건이 그를 미의 여신으로 등극시킨다.

그러나 "아무도 그와 같은 사과를 주고받는다는 사실을 인정하지 않"는 "그는 사과를 모"른다. 사과에 깃든 신화의 부정은 사과의 의미에 대한 부정이고, 사과에 스민 심연에 대한 부정이다. 그것은 사과의 이야기에 대한 무관심이며, 사과를 둘러싼 수행적 사건에 무관심하다는 뜻이다. 사과의 은밀성은 본래 존재하는 것이 아니라, 사과의 '너머'로 연인들을 기투하게 하는 열정이 발생시킨 사후적 사건이다. 성性은 그런 점에서 두 연인이 수행하는 '형이상학적 사건'이다. 이때 성은 성聖이 되며, 제의적인 것이 된다. 성에 수반되는 '죄의식'은 두 육체가 함께 넘어가는 일상성에 대한 위반 충동과 다르지 않다. 이 위반 충동이 두 몸을 형이상학적인 세계로 상승시킨다. 하지만 이 시의 그는 고해성사를 "오직 벌레들에게만 허락된 특권"으로 생각한다. 고해성사에 수반되는 죄의식이 일상성을 넘어서는 기투에서 발생하는 성性과 성聖의 변증법이라는 사실을 그는 모른다.

그가 "사과를 모르는" "식탁에 둘러앉은 동거인"의 형상을 하고 있는 것은, 제의성이 증발한 생활 세계에 대한 인상적인 메타포가 아닐 수 없다. 제의성이 사라진 생활 세계에는 전시성만 남는다. 심연이 증발한 세계에는 표면만 남는다. 벤야민은 현대라는 이름의 생활 세계를 전시성만 남은 상품사회라고 힐난하면서, 포르노그래피라는 외설적 형식이야말로 현대적 생활 세계의 본질을 드러낸다고 말한 적이 있다.

포르노그래피적 공간이 된 세계에서 너와 나의 사적인 공간은 겨우 "이빨과 혓바닥이 머물다 간 싸구려 호텔"이 되고 만다. 식욕과 성욕이 하나의 감각 안에 섞여 있는 것은 사실이지만, 생활인의 '이빨'이 된 식욕 안에서 성욕은 형이상학 없는 키치가 된다. 넘어갈 곳이 없으므로 이 "거실"에는 '너머'의 수행성이 발생시키는 성

166

스러움도 없다. "가장 은밀한 부위"의 신화는 그래서 생활인의 신화로 왜소화된다. "고전적 성교 양식"은 영혼 없는 생활인이 외우는 프라모델 공작을 위한 매뉴얼 같은 것이 된다. "붉은색 하드커버를 가진 너"라는 포르노그래피는 그래서 전혀 불온하지 않다. 그는 허용된 생활의 매뉴얼을 위반하려는 아무런 충동도 없으며, 그러므로 진정한 사건은 발생하지 않는다. 아프로디테의 사과도 여기에는 없다. "만유인력의 법칙", 뉴턴의 사과에 모든 걸 떠맡긴 무탈하고 합리적으로 계산된 생활 세계. 식욕이라는 생존 본능이 성욕을 먹어치우는 거실의 세계. 동거인의 식탁을 둘러싼 이런 기분이 바로 권태다. "그는 반으로 쪼개"지면서도 그 자신이 "독이 든 사과의 원죄"를 열고 있는지 알지 못한다. 불감증이야말로 권태의 본질이다.

청춘들의 페이지에는 해골의 눈빛이

기혁의 화자들이 살고 있는 '소피아 로렌의 시간'은 이런 종류의 시간이다. 화자들은 현재와 과거, 이 땅과 타지, 도시와 도시 아닌 곳에 대한 연결성의 암시를 받지만, 이 암시의 의미를 알지 못한다. 그들에게 세계는 고독하고 황량한, 알 수 없는 폐허가 그려진 지도다. 이

지도의 지형은 거의 예외 없이 심연이 사라진 표면, 물기가 증발된 사막, 머리카락이 스카치테이프에 붙어 나오는 남루한 방바닥이다. 그의 이번 시집은 "피복이 갈라진 고압의 삶을 지탱할수록 소음과 광증"을 더해가는 콘크리트만 남은 세계를 보며 적어 내려간 "서사는 없고 세계만 남은 일기장"(「전신목」)이다. 세계는 메마르다. 스스로 빛나지 못하는 것들은 사물들 간의 연관성을 희미하게 암시하지만, 그것들은 자기네의 존재 연관성을 결국 기억하지 못하며 증명하지도 못한다.

그러나 이 시집은 바로 그 풍경 자체를 통해 어떤 의미에서 지극히 보들레르적인 현대 예술의 전략을 채택하고 있다 해야 할 것이다. 그것은 우리 시대의 진실을 이 지극히 말라붙은 형이하학적 풍경을 통해서밖에 드러낼 수 없다는 아이러니다. 심연이 증발한 세계에서 시인이 그 증발의 풍경을 궁핍한 언어로 드러내는 일 외에 무엇을 할 수 있겠는가. 그러므로 언어의 궁핍함은 역설적으로 희망을 희망하지 않는 방식으로 희망을 핍진하게 드러낸다.

강바닥에 썩어가는 가슴도 한때는 꽃으로 문지르던 사연입니다 시대의 꽃 내음에 절망하던 청춘들은 닳아빠진 속내를 꺼내 문신을 새깁니다 목덜미에 피어난 꽃들도 꽃말을 지니고 있고 당신의 모국어가 까닭 없이 베끼던 사랑

과 존나에 흔들립니다 시궁창을 뒹굴던 두 눈으로 가슴을
매만지면 헌책방 가득한 설화들이 페이지를 넘깁니다 작
자 미상의 결말은 얼굴 속 해골이 또 다른 해골을 향해 내
밀던 눈빛이었습니다

—「바리데기를 새기다」 부분

인공의 야만적 기획이 자연을 절멸시키고, 인간에게
도 본래는 있었을 계몽의 이상이 우주의 섭리와 조응하
지 못하는 시대에는, 인공과 자연 전체가 썩은 내로 진
동한다. 꽃 내음은 시궁창 냄새가 된다. 여기에서 청춘은
시궁창 속에서 뒹군다. 미래의 방향은 보이지 않는다. 청
춘의 미래가 없다는 뜻일 수도 있지만, 청춘 자체가 미
래이기 때문이다. 시인은 부재의 풍경을 통해 여기에 무
언가가 망실되었다는 것을 '안다'. 부재에 대한 감각은
부재 자체와는 다른 것이다. 어쩌면 이 '능동적 감각'이
희망의 근거이자 유일한 증거일지도 모른다. "시궁창을
뒹굴던 두 눈으로 가슴을 매만지면 헌책방 가득한 설화
들"의 페이지가 나타난다고 할 때, 이 청춘들이 넘긴(떠
올린) 페이지는 희망의 청사진 같은 것이 아니다. 그것
은 현실의 강바닥보다 더 참혹한 형상을 하고 있는 "해
골이 또 다른 해골을 향해 내밀던 눈빛"이다.

마치 달을 바로 그리지 않고 주위의 어두운 구름을 반
복적으로 붓칠하면서 달의 윤곽을 암시하는 수묵화 기

법처럼, 희망의 근거는 희망을 그리는 것에 있지 않고, 희망의 불가능성을 자각하는 행위 그 자체에 있는지도 모른다. 시의 수행성은 인권선언문의 형식과는 달리 어둠의 감각을 생생하게 유지하는 몸에서 나온다. 그것은 온갖 세상의 부조리를 제 몸에 이입하는 몸이며, 이 세상이 지금 어떤 풍경 속에 있는가를 제 몸에 가능한 한 그대로 담는 개방적 견인주의다. 시궁창을 뒹굴던 이 시간의 청춘들이 헌책방 가득한 설화를 넘길 때, 그 페이지를 통해 회귀한 옛 시간의 해골들이 행복한 삶의 특권을 누리던 존재들일 리 없다. 저승으로 가지 못해 회귀한 해골이라는 것은 남은 할 말이 있고, 이루지 못한 여한이 있다는 뜻이다. 시는 이루지 못한 비원, 남은 할 말의 존재를 증거하며, 이 시간 우리에게 그러한 말을 하는 존재로서의 해골을 상기시킨다. 궁핍한 말을 통해서밖에 드러날 수 없는 궁핍한 풍경은, 우리에게 복원되어야 할 풍요로운 말과 생기 있는 삶이 '있다'는 사실을 암시한다. 이 몸−말의 감각은 '없음'의 감각을 통해 '있음'을 지시한다. 존재에 대한 암시는 '존재해야 한다'는 윤리의 차원을 발생시킨다. "망가진 개 떼 같은 봄날"(「바리데기를 새기다」)은 망가지지 않은 봄날이 있으며, 망가지지 않은 봄날이 가능하며, 그리하여 망가지지 않은 봄날이 가능하게끔 해야 한다는 수행적 의지를 깨어나게 한다.

따라서 기혁의 시집이 드러내는 권태의 풍경은, 실은 시인이 드러내는 권태에 '대한' 능동적 감각의 풍경이라고 해야 옳다. 희망을 희망하지 않는 방식으로 희망의 근거를 드러내는 이 시집의 화자가 곳곳에서 무언가를 기억하는 건 그 때문이다. 시에서 '기억'은 희망의 가장 강력한 방식이다. 사막의 어둠 한복판에서 시인 기혁은 기억을 통해 새로운 탄생의 시간, 아이의 시간을 예측한다. 첫 시집 『모스크바예술극장의 기립박수』(민음사, 2014)에서 "누이는 자신의 화법이 우주 비행사의 두 눈을 닮아 있음을 슬퍼한다"(「미아에게」)고 했던 그 슬픔의 능동적 감각과 거의 비슷한 의미에서, 우리는 『소피아 로렌의 시간』의 다음 "밤하늘의 이야기"에서 새로운 시간의 방향을 감지한다. ▨

　　해가 저물면, 천막 안 아이의 울음을 들으며
　　순록의 털가죽으로 감싼 봄의 메아리라든가 개울에 비친
　　밤하늘의 이야기를 떠올려보곤 했다.
　　방향을 병처럼 앓으면 운명을 버릴 수도 있구나,
　　　　　　　　　　　　　　　　　　　　　　─「대이동」 부분